Treasures for Scholars Worldwide

三管英靈集

②

桂學文庫·廣西歷代文獻集成

潘琦　主編

广西师范大学出版社
GUANGXI NORMAL UNIVERSITY PRESS
·桂林·

XD2379
:6

三管英靈集卷之十三

福州梁章鉅輯

劉新翰

新翰字含章又字鐵樓永定人雍正元年舉人官江陰知縣有谷音集

張鵬展谷音集序云鐵樓與陳文恭公最契癸卯出闈誦試文鐵樓曰解元屬公矣榜發文恭果領解鐵樓亦雋將赴公車以文恭貧取已貲贈之曰俟君捷後予再北上也文恭果聯捷事見培遠堂年譜中

退菴詩話云谷音集中課耕納稼等篇雅與儲太祝相似五律氣格近杜秋興八首則以其膾炙人口姑存之此外如水抱荒城去山浮野翠來風定潭逾碧雨餘山更鮮皆不失爲佳句

澄江勸農

擊鼓御田祖考牧占多魚何如就田園向曉勤菑畬客歲
普賜復民力頗有餘況復麥秋熟穰穰盈篝車但覺手足
寬敢念筋力踈相將亞旅集良士思其居
豆苗常苦稀草根常苦竊道逢腰鐮人語我治苗術培養
滋露華殺草宜夏日及時事耕耨豐穰理可必我愧君子
風頹薅薙未悉憫彼柴桑翁帶月荷鋤出

課耕

田家急春耕晨起呼童僕殘星猶在天牽犢出茅屋乘茲

土膏動小雨方霢霂山地少沃肥勉與耕東麓犁土苦難
深耰之不厭熟豈不念勞苦田功苦迫促日夕牛力疲行
行復介于鞭撲未忍施傷茲形觳觫放牧荒郊中服犁待
明旭農疇敢云綏物力在休復

納稼

田家值西成農務轉匆劇稾秸積栗粟及時事收撫霜落
天氣寒風凄林葉槭豈不憚勞苦弗獲辭此役荷擔入場
圃往來自相追婦稚亦奔忙相隨提筐索場畔有棄餘雜
穗乃充斥叟老扶杖來地下見狼籍咨嗟申戒言此物須

珍惜不記耕耨時汗流透衣幘東村富家兒賤穀恣拋擲
轉眼十年間饔飧不謀夕昔爲人所豔今爲人所戮暴殄
有常報勿蹈覆車跡

對雪

萬里同雲合乾坤黯淡開池光不借月野氣欲迷山邃閤
金樽暖豪家爐火閑誰憐茅屋下有客正摧顏

寄榕門同年總制兩粵

晝錦歷波闊維桑屬望深可能麟鳳瑞尚有虎狼侵袞鉞
春秋筆風霜天地心他年思舊蔭千里戴棠陰

抄

遊靈水 在武緣縣 冬溫夏凉

數畝碧玻璃獨游亭午時水涵天影淨波漾日光遲白鳥破溪色游魚動荇絲平生山水意對此欲忘疲

和祖司馬九日吳江之作

客路黃花候行舟鐵甕邊高林飛落葉平野起寒煙薄宦吳江上歸心粵嶠前斑衣何日舞迴首惜殘年

贈蘇思安

所見多凉薄惟君溫且醇融融登古道坦坦示天真墨氣淨香遠筆花如錦新蜀箋不滿尺收盡洞庭春

湯陰岳廟

南國班師日北軍相慶時可憐張浚壘空卓曲端旗遺廟丹青落忠魂草木知平生悽古淚一灑向南枝

施龍田家

奔流一水急兩岸衆山分茅屋藏青靄雞聲出白雲田家風最樸村酒氣尤芬未了農桑話劉郎已半醺

洞庭守歲

客行逼歲暮荒渚夜停艘湖闊雲依水洲寒雪映窗殘爐煙細細孤燭影幢幢澆盡他鄉酒愁城未肯降

京邸感懷

飄零無計度殘年回首鄉園一愴然萬里遭逢雙白眼十年生計一青氈授餐風遠空彈鋏流水聲希合斷絃歸去漫愁高臥地鬻琴便是買山錢

九日登君山望江樓次壁間韻

偶爲黃花惹興豪到來幽思滿亭皋千山樹色連秋靄一片江聲捲暮濤澤國寒催蛩語急海門風淡蜃樓高相看不厭惟鷗鳥閒向沙汀濯羽毛

秋興八首次杜韻

梧葉驚霜下碧林天時人事共蕭森西風江上芙蓉冷落日洲前蘆荻陰鐵馬敲殘征士夢愁鴻啼亂美人心高齋更有悲秋客腸斷城頭一夜砧

銀漢無聲北斗斜一天涼影散霜華莎鷄應候歸簷隙永鳥驚寒上釣槎南詔征塵飛羽檄西郵烽火動蘆笳籌邊誰采芻蕘策空向燈前拂劍花

耿耿踈林透曙暉曉煙林外影霏微繞枝烏鵲聲如咽溼露寒蟬靜不飛湖海飄零豪氣散風塵憔悴壯心違平川苜蓿多如草太息秋來駑馬肥

宮貴何如一局棋豪華轉眼總堪悲深宮紈扇秋風裏廢
苑銅駝暮雨時關塞蕭條寒入早江湖風浪鴈來遲乾坤
到處霜華滿每對蒹葭有所思
十年落拓往深山釣月鋤雲水石間孤劍有光騰碧落萬
言無路達天關緩斟竹葉消閒日懶對菱花失舊顏一事
年來差快意春風林下長孫班
南來北去總無功頭白長安道路中瘦馬長嘶霜塞月倣
裘不耐朔天風黃金臺圯蒼苔積碣石宮荒野莧紅欲弔
燕昭何處是海邊飛起信天翁

抄

數問茅屋水西頭松竹蕭然夏亦秋蠟屐看山常獨往錦囊有句祇工愁塞翁得失非關馬海客生平合問鷗看破浮雲渾似幻睡鄉無復夢刀州

閱盡人間路逶迤曉天獨鶴下寒陂上林枉自飛三匝溫樹何曾借一枝偶並鸞棲身已老忽投雞隊步慵移高秋又欲淩風去碧海無雲天四垂

崐崘山遇雨

淒風苦雨度崐崘百折羊腸繞石根忍淚不教同阮籍叱車還欲比王尊雲迷馬首疑無路風遞雞聲覺有村向夕

抄

解鞍山寺裏一龕佛火伴黃昏

移居龍井

十年憔悴走風塵老向邱園寄一身松葉滿山風謖謖桃花出洞水粼粼農田所獲皆爲祿草莽何人不是臣但願四郊無犬吠老夫甘作太平民

勸農口號

叱犢分秧去復回綠蓑青笠繞江隈長官亦是農家子一見良苗笑口開

耕鑿長林十畝間園圃骨肉自年年農家雖有三時苦猶

勝思親望遠天

黃雲被野築場辰更有家機布疋新但使茅檐衣食足不
殊温飽在吾身

鬬訟稀聞俗漸淳閒來酌酒洽比鄰村村禮讓化雍睦便
是豳風畫裏人

有感

見說移官苦未曾二毛經歲又重增荒齋有竹堪爲友薄
宦無家竟似僧日午窗凉閒就枕夜深屋漏自移燈幾時
脫却儒冠去酌酒家園集舊朋

抄

自君之出矣

自君之出矣鎮日下簾鈎怕見樓頭柳經春不上樓

都狠懷古 幷序

唐子向字仁忠臨桂人官團練使時黃巢作亂管桂主者議守向曰徒示弱耳遂單騎出戰黃巢於都狠山下賊大潰會暮深入無援乃遇害今州人立祠祀之

都狠山下戰雲紅禦寇爭看練使功爾日何人司桂管不教一將助仁忠

抄

送春詞

子規聲裡雨如絲桃李無花柳絮稀粉蝶不知春已暮採香猶自上荼蘼

王維嶧

維嶧灌陽人雍正元年舉人官靈山知縣

送孟朝侯返東粤

旅舍論文短榻連無端别緒又纏綿鳳臺有客方投轄駿阪憑誰代整鞭九月送人逢夜雨滿城落葉乍寒天獨憐珠海孤吟客游遍西川已二年

馮世俊

世俊字智千一字退山宣化人雍正元年舉人官福建永福知縣

殘菊

霜落秋芳歇蕭蕭寄短籬可堪言晚節猶未損寒枝甘谷泉香日陶家酒熟時溪梅亟相待幽賞未應遲

念一都徵糧

歷盡閩南山外山窮鄉到始識民艱數家村隱竹林暗幾畝田鬪溪水環倉卒可能興禮讓編氓未必盡愚頑奠黃

事業原隨地自愧才疎敢放閑

謝庭琪

庭琪字賓夫匆亭子雍正五年進士官太原知府

舟次早發

秋迴河漢高殘星猶未没蒼烟淡不分稍稍棹聲發江館鳴寒鴉水樹籠曉月清溪時一轉岸火漁舟泊隱隱曙色開前山見突兀

行行

行行復行行驛路秋風起前林霜葉紅古道斜陽裏

抄

喜雨二首

溼雲欲傍畫檐垂搖曳輕風到柳枝正是早衙初放後秀容樓畔雨如絲

伏枕經旬草滿庭余時新病初起坐憐好雨洒踈櫺明朝擬踏東郊去鵓鴣聲中麥浪青

楊嗣璟

嗣璟字昱亭臨桂人雍正五年進士由翰林遷御史仕至吏部侍郎

朱節文詩

孔雀東南飛千里共翱翔鴛鴦不成匹朝夕永相望鬱鬱八桂林桂水流湯湯林間芝草秀水邊芰荷芳朱家有好女窈窕世無雙頭上金雀釵耳中明月璫雲翹飾翡翠羅襦刺鳳凰系出王公後澤流詩禮長十歲精女紅十五成七襄二十始納采許嫁陳家郎陳郎年少子才貌兩相當燕爾旣有期卜吉迨時良詎料遭挫折倏忽先夭殤女聞訃音至掩鼻泣穹蒼夫乃婦之天天亡妾應亡生未同衾裯没願同穴藏百年終一盡毋甯植大綱但恐堂上知輾轉願難償託言思盥濯攜水入蘭房閉我東閣門倚我西

閨床除我錦繡衣更著縞素裳將我雙縷絲繫頸懸中梁踰時戶不啓舉家悉徬徨毀戶驚相視氣絕尸已僵父母搥胸慟兄妹共扶將悲哉血性女胡乃遽摧戕節義根天性鐵石為心腸見者皆墮淚聞者亦凄涼幽貞甯泯滅高風待表揚學校有 公論事實上 朝堂

黃匡烈

匡烈字 武緣人雍正四年舉人官餘杭縣知縣

遊起鳳山

兩峰蒼翠插雲間古寺懸崖引蔓攀人靜亭虛風細細溪

深雨過水潺潺浮觴曲澗春流碧索句踈林夕照殷景色全收太極洞詠歸猶滯釣臺灣

呂熾

熾字克昌又字闇齋臨桂人雍正五年進士官左副都御史

恭和　御製新修翰林院落成得見字

文教首蓬瀛鴻儀今刱見鑾坡楹桷新瓊榜星雲絢廳樹颺龍旂亭波涵雉扇欣瞻日采臨特重珠衡脊雅韻發金聲華筵羅玉饌卿僚載拜賡千古傳詞院

恭與九老會紀　恩作

曾叨豸繡侍　清都投老林泉許靜娛化日祇知熙北戶瑞星敢道應南弧螢瞻寶婺分光耀鶴延瑤池入畫圖盧狄以前張白後唐代香山九老盧貞狄兼謨皆年七十臣今七十一歲感　恩惟有效嵩呼

退菴詩話云余在儀曹編輯春官堂屬題名熟知吕闇齋先生為禮部侍郎既讀王蘭泉湖海詩傳則謂先生官至副都御史疑莫能決後至桂林閱廣西通志乃得其詳蓋先生由檢討累官至禮部侍郎既以親老請終養歸服闋補左副都御史未幾致仕歸以祝　孝聖皇太后八十慶典入都與九老會　召至懋勤殿　命工圖像年七十八卒於家此詩一手稿藏鶴雛閱孝廉家正紀其事因合湖海詩傳所載一首並登先生詩不多見此

真吉光片羽矣

曹鑾

鑾字玉如全州人雍正五年進士官江陵知縣

苦水鋪

苦水鋪神仙過留筒布斷頭掉尾今無人五尺之童穩行路載重貨身輕過苦水鋪爲甜水鋪

陳汝琮

汝琮藤縣人雍正七年舉人官貴州知縣

望廻龍洲

海上孤峰迴風光望裏幽千瀾迴旣倒一柱砥中流日落
潮聲急雲開月影浮推篷聊極目絕勝鳳麟洲

卿如蘭

如蘭字澥川灌陽人雍正七年舉人

都中送易用周南還

同作燕臺客君歸我獨留長途君自愛愼勿重離憂

黃位正

位正字萬順一字目菴上林人雍正十年舉人

過族弟林逸途中馬蹶

隔歲不曾面家人詎難忘欲晤急星火策蹇路彌長出門日亭午中心疑夕陽老馬識人意頃刻越崇岡弱僕追不及宗黨宛在望險巇幾闕盡坦夷遂弛防須臾竟失足身命爭毫芒到來見兄弟心膽猶驚皇始知危難境多應在尋常

謁陽明先生祠　思恩府

先生廟算本良知縛取宸濠似小兒早有威聲傳五嶺不煩兵甲定諸夷風清講席傳心鐸日麗行營掩義旗翻笑武襄由詭道崑崙夜半伏戎機

蘇其炤

其炤字變堂鬱林人雍正十一年進士官陝西邠州
知州

宿雙山

雙山排遶岫一澗落重泉路險羊腸曲城高鴈陣偏秋聲
生落木村邑帶寒煙不忍臨邊望荒涼塞外天

宿孤山堡

澗繞迴山路荒城帶月孤蕭條看壘嶂寂寞聽啼烏鴻鴈
南天遠風霜北塞殊明朝河朔望秋思滿平蕪

抵府谷

馬行平野快帆逐浩波流一水分秦晉雙城控縣州堤橫
霜氣滿山遠霧光浮我欲乘槎上天河是渡頭

勾漏巖

雲根劚處自玲瓏洞口淸流曲徑通藥竈煙消丹熟後石
牀塵淨水光中三山芝草滋靈液萬壑松花落曉風世網
欲抛仍未得遺蹤徒訪稚川翁

米脂早發

水畔征程一徑通輕車搖曳似飛蓬羣山爽帶秋來氣疎

抄

柳凉飄伏復風石磴高低迴復轉野花濃淡白兼紅霏霏露溼征袍透日近長安漸出東

旅夜書感

長安西出渡洪流馬入榆關十載留時事因人成故我襟期何處展新籌笑看秋色逾春色十年前仲春曾經此地漫說今遊勝昔遊一夕淸風凝白露月明初上望河樓

陸川卜烈婦墓

何時有客問碑陰邑乘重編歎息深罵賊數言伸義氣殉城一死見雄心寒松自有冰霜映修竹何妨雨雪侵墓碑忽生

松竹文 馬鬣不埋貞烈性新祠永播舊徽音

喜晴

雨餘晰柳轉霏微掩映晴巖翠欲飛詩句不須深著意一番魚鳥見天機

江上餘霞映夕暉杳然秋思逐鷗飛漁舟一棹煙波碧蘆荻花中載月歸

陳仁

仁字壽山又字體齋武宣人雍正十一年進士由編修改御史歷官湖北糧道調四川建昌道有用拙齋

詩草

擬古

美人在金閨一見相怡懌念我來自遠贈我珠與璧雙捧出懷袖晶光驚四射感此恩意深中懷無時釋璧以表堅貞珠以明粹白誰能忍別離庶往訴肝膈

長松何蒼蒼孤直乃其節差爲桃李姿老幹淩霜雪上有虬龍盤下有琥珀結臧鳳巢其顛豈容螻蟻穴狂飆有時來亭亭見風烈大器須晩成直木憂先伐天意忌孤高願言保明哲

劉蘭谷齋中讌集

高齋蔭嘉樹好鳥時一鳴文翰紛珠玉花木敷芳馨沁脾酌我茗開襟傾我觥即事既多美心跡爲之淸何必奏雅樂洽洽聽韶護

傅謹齋齋中讌集

新陽絢千林幽禽發淸響之子宴良朋開徑一何僘文史紛琳琅坐對心目朗此時不放歌奈此歲月長酒酣遺所拘志同互見賞況聆金石音更與滌塵想何處覓元珠吾將求象罔

讀杜工部集

杜陵野老少不覊胸襟落落千秋期讀書萬卷欲有爲明光三賦天子奇河西一尉羞卑棲京華旅食心事違殘杯冷炙何凄其歘聞漁陽鼙鼓聲奔走行在神忘疲麻鞋謁帝輕流離一官初拜肝膽披陳濤疏救非爲私靈武赫怒匪所思向令生當貞觀時比肩王魏非公誰攘攘盜賊何時夷秦州成州身世危瘦弟寡嫂天一涯楓林拾橡充朝飢青衫老死亦何悲可憐乾坤猶瘡痍花溪草閣瀼東西秋風茅屋愁難支西望太華橫參差一帆無恙下梓夔藍

茫湘水去住迷窮餓迫出奇崛詞一飯不忘君與黎恨不
並世生呂伊垂樹唐家宏遠基嗟公之心今古稀浩氣不
撓扶天維豈但詩史高難躋忠愛直接三百遺媿我愛慕
心口追混茫元氣無端倪

耤田大典恭紀

綠柳陰中布穀啼　齋宮肅穆與雲齊天垂翠幙星辰近
地聳青壇日月低五衞森森羅帳殿千官濟濟擁沙堤祗
因
率育心常切親習耕耘踏錦泥

方社清歲晝鼓喧

一人頂禮百神前霧隨壇燎騰千仞風度鑾笙下九天壓

左蒼龍金作勒御閑葱牿玉爲鞭試看此日同民處擊壤

聲中祝有年

大禮躬行萬國欽東郊綵仗列森森三推未舉誠先積一

璣初開澤已深五九次耕分等列十千終畝共謳吟自來

播穀田間事快覩芳塍

法駕臨

青郊轉蹕陟崇臺禾黍千村滿意栽听柳烟隨雲幕捲山

禽韻叶鳳簫來還將勞酒頒　宣室更喜新詩出
脊裁鷺序鵷行齊拜手一時歌頌徧蓬萊

題謝石霖先生軍中觀易圖

九年關外雙蓬鬢萬里軍前一老儒絕塞茫茫天地闊平
沙漠漠雪霜鋪蒼涼獨坐孤峰石慷慨閒看八卦圖河洛
至今誰討論世人空自說程朱

送同年汪杍懷往桐山省親

瑟瑟西風送遠程寒暄珍重故交情一樽酒盡花同醉千
里人歸月共行茅店有霜知歲晚秋風無浪覺舟輕桐山

莫漫羈仙客秘帙還須黙勘成

秋夜漫成

涼飇一夜老梧桐六載鄉園客夢中已覺宦途容我拙何妨世態讓人工松盤鐵幹還欺雪鷹養秋心欲待風底事浮雲終不散連朝陰雨暗長空

睡燕

海棠庭院柳毿毿舞倦烏衣睡正酣十二珠簾開不捲落花微雨夢江南

退菴詩話云壽山觀察嘗從方望溪先生學爲古文先生表其大父墓盛稱觀察行身不苟粤中罕治古

抄

文者觀察侍方門至十年之久可謂篤信好學矣惜其稿散佚余嘗見其九節婦總畧一篇後載望溪評語其文得史遷遺法知其淵源有自不僅以詩著也

張淳

淳字僩齋上林人雍正十三年舉人

斑筍

輕雷昨夜響園林斑駁新篁迸土深數點依稀苔漠漠幾竿濃淡節森森雨餘難洗湘妃淚月照纔明屈子心好與喬松長作伴凌霄不畏雪霜侵

三管英靈集卷十四

福州梁章鉅輯

居任

任宇竟亭一字南溪融縣人雍正間貢生

初夏郊行即事

周歲農事忙忙莫如初夏分秧烈日中耙烟暮雨下寂寂
閒荆扉男婦都弗暇惟餘白髮翁抱孫守茅舍

感懐

溟海有大蜃吐氣幻亭閣金碧何輝煌珠璣分錯落王孫

馳馬遊美女羅綺著城市湧空際峰巒競峭嶸惜哉頃刻間寂然竟消索

梁建藩

建藩北流人雍正間歲貢生官融縣訓導

游勾漏洞

清風習習近仙家策杖登臨曲徑斜荒磴撥雲尋古洞懸厓迷霧隱丹砂飛鳧翼斂還棲樹擲豆堂空亦放花怪得稚川求作令我來猶復戀烟霞

李舒景

舒顯字軼凡號物外上林人雍正間歲貢生官荔浦訓導

岳武穆墓

天驕猶懾撼山威報國精忠賜幟稀北狩朝廷終不返南遷社稷已全非哭牌朱鎮心空壯痛飲黃龍願竟違千古含冤三字獄西湖墳上雪霏霏

譚龍德

龍德字寧民一字學山上林人雍正間歲貢生

棻軒

抄

一軒開面水位置各區分松翠寒侵竈爐烟澹入雲衰年原少睡留客把清芬飲罷看周易翛然對晚曛

劉王斑

王斑武緣人雍正間貢生

游起鳳山

奇峰雙矗立四望豁心眸虛室洞天古懸崖山寺幽淡烟浮遠樹碧水抱丹邱此處卽蓬島何須海外求

趙一清

一清宜山人雍正間諸生

抄

會仙山遠眺

縱目羣峰圖幛開萬山飛翠點蒼苔天邊忽見祥雲起疑是羣真鷲嶺來

朱昌煐

昌煐字秀千臨桂人雍正間布衣

讀書

青山遠人世白雲媚幽獨痛埽落葉風駐此深谿曲蹊竹洵虛心古木屢空腹有琴挂我壁有鶴巢我屋讀書以明道養身在寡欲日月覩盈虛學問領綱目百年謝人事一

心知止足吾車祇一軸三十有六輻

登粤嶠

去去粤嶠靜行行天未曉白雲登絶頂紅日出林杪埽盡雲茫茫衆山皆了了只說青峯高不覺滄海小收攝一心儀窮眺萬物表俯視微有聲松濤間竹篠所以仙之人紅塵謝煩擾我來采靈藥不貳惟壽天山水發清機庶可免昏耿常恐所造低至使心悄悄聳身霄漢間插翅捷飛鳥迴首望寒巖但見白雲繞

田家

嘉種迺天錫矧復雨露滋吾與二三子耕耨當及時千金買良田但恐荒于嬉百夫營擉水以備旱潦期昨日入城市官糧及早爲伊云苗頗好莫使嫮艸遲田家有眞樂此樂惟自知

杏花紅簇簇上有布穀鳴彼鳥亦何知良時爲此聲當頭破絮中伏枕暗自驚披衣啟半扉月殘天未明愼勿憚辛苦隔墻呼弟兄春雨一犂足春山堪耦耕折得杏花歸花間飲一觥

漁家

山與桃源近放舟春水間得魚貫以柳停彼迴流灣繫艇亦偶到家此村莊陰船頭滿兒女看火燒春山土竈煮蓴鱸醺醺漁父顏恐此魚羹飯其味非等閑明月挂一瓢煙水高歌還

樵家

青山杳無際上有樵蘇門荆榛堪斧斯還路穿雲根養子能荷薪世居黃葉村昨日遇樵夫一子尚未婚肩挑紅葉歸衣著犢鼻褌恐是朱翁子爛柯不可論書聲何朗朗踏破青山痕

遊棲霞寺

棲霞不厭遠我行東復東何年建蘭若在此青山中青山踏小橋綠陰垂大榕飄飄吹我衣滿徑皆清風我本餐霞人來此棲霞宮對門山水淥入寺花木紅屋後青蘿挂樓下蒼苔封補衲見老僧眉厖耳半聾云住七星巖今成八十翁佛云一剎那爾我將毋同題詩贈長老勿使碧紗籠

遊劉仙巖

仙人已仙去茲山有蛻室靈丹轉以九元理虛其一高閣含清風丹霞射曉日褰裳白龍洞手握青鏤筆松間聽清

抄

磬雲霧隔窗壁山翠倚危欄坐見孤煙出仰視碧天高平臨飛鳥疾後來我誰身安得養生術始知麟鳳姿必有喬松質秋風吹鬢絲刮膜眼如漆我讀神仙傳行行采芝术

鐵鑪村三首

林木繞村落卅里桂城曲其村名鐵爐田水浸寒淥天暝牛羊歸短笛牧童牧山深雞犬靜霜重禾稻熟秋壟卷黃雲茅亭花影宿峯翠落虛簷明月照墻竹故人來未來共飲桃花粥

西山半斜月荷鍤赴南阡已見紅杏花開墾山上田泥鰌

耳潤水餉黍飼烏鳶田居盡淳樸比歲常豐年每逢鄰叟醉常在花間眠柴扉無犬吠孰不樂陶然

山墟生暝煙風月澹將夕田家晚飯餘郭巷方寂歷幼婦理蠶絲秋燈照虛壁維時已秋分分賽社翁席愼勿慮家貧可免輸稅責前年旱未收賑卹蒙 恩澤吏人入我門囂呌太狼籍撒落一粒米汗滴殊可惜今日放脚眠幸免吏人跡

月夜江行

粤西古澤國四圍多水鄉扣舷月初上煙樹空蒼蒼江行

微有風帆開灘水長月夜望蒼梧四顧沙茫茫路轉青連峯忽聞黃橘香篙師十八灘岸岸歛垂楊輕舟互往來趁此月色涼四面拓篷窗欸乃皆鳴榔不信旅人急但看舟子忙前山忽已曙冷入芙蓉裳

種藥

深山築場圃四圍都種藥不讀神農書不能爲扁鵲多儲藥籠中其上可醫國無疢不可醫只患才地薄譬如羅衆英稜蒔有經畧欲廣岐伯意持鎌向人索山客出幽澗藥草蒲雲壑平生腹衆材山林進繹絡豐蔚發枝條生機詎

可御汲井須轆轤灌園啟鏑鑰潤以竹閒泉守以松閒鶴豈將厚利膺不受微名縛壽世與壽民此中有揆度

李文彧

文彧字蔄齋融縣人雍正間布衣有蔄溪詩草

書所見

山鷹翮如劍擊鳥供其食回翔下茂林貪饕肆無極儻爾弋者來匆匆竟垂斃須臾覆其巢諸雛盡遺殛

即事

柴門無塵喧客近犬不吠入門不暇揖笑拍主人背西村

好釀熟與爾沽一醉更眺南天雲可以醒世態

古意

寧爲人所棄不爲人所惜棄我如我何惜我終何益君不見貿絲之婦與士耽桑落而黃自悼深又不見新人織縑故人素良人愛新還愛故琴心一曲鳳求凰白頭低吟悔莫償何如太璞完其質指玉爲石庸何傷

題沈石田雪山水圖

石田先生胸次潔落筆寫山皆帶雪遠峰去天尺許多掩映銀漢水不熱瀑布因寒不肯流碧崖冷傍草亭幽板橋

老叟騎驢度驢足凍極不肯抽溪中石磴水聲急溪畔古樹當風立風吹葉落枝幹孤但有村烟出復沒十千換得黃公酒對晝連吞十餘斗飄然忘却在人間笑問雪山曰吾友

王之純

之純白山司人雍正間官白山司土巡檢

蓮湖偶題

蓮峯雲淰淰蓮湖水洽洽蓮湖不種蓮因峯得嘉名峯雲高接天湖水清無滓雲水共悠悠萬古長流峙

王之彦

之彦白山司人雍正間布衣

蓮峯避暑

蓮峯矗矗水溶溶小立橫橋納好風溽暑消來雙袖冷白雲飛去萬山空淺波直欲淨輕舸解渴還思飲碧筒漁笛悠揚何處至菰蒲一片夕陽紅

李　綦

綦字佩梅融縣人乾隆元年進士

秋遊眞仙巖

秉炬循幽溪僂行復磬折崖畔橫碧潭黝然迴深洌徘徊
且移時從者爲股栗探迹企前人遊興按難遏溯流窮其
源幽折歷邃窗菩浸仙牀冷水落芝田出流觀愾老聃山
空爐烟絕飲水果得壽我亦居巖穴修短只隨化神仙良
悅忽倦還憩亭中林巒生怡悅歸來月映溪蛩鳴聲唧唧

鄧松

松全州人乾隆元年武進士官雲南參將

芷江橋漫興

橋鎮滇南路江分楚甸流草芬餘古意天氣入清秋夢澤

抄

風烟渺洞庭波浪浮停橈且沽酒擬醉 岳陽樓

過墮淚碑

蒼蒼雲樹夕陽遲指點荊襄有所思今 日輕裘懟叔子淚痕也漬峴山碑

張滋

滋字靈雨上林人乾隆元年舉人會試中二年明通榜官全州學正

重至全州學署 原注前十年家大人曾攝是邑學篆

趨庭侍杖履曾此奉明訓東齋饒暇日 脩篁灑清韻重來

復幾載壯盛去如瞬相視多故交或已見斑鬓舉目庭前樹含萌當春奮舊植改新芳吾生猶閻汝況多從遊英何以勵後進負薪不克荷俯仰慙中藴三世履微階非敢薄朱紫清白愼家傳兢兢守前軌于今遊名邦復愧爲貧仕戴恩亦已深不報寧非恥所念捧檄心千里違省覲三夜再夢歸耿耿懷不已投簪未敢言盟心自茲始

悼長男

細草孤雲黯淡愁荒原蕭颯白楊秋懷中幼子纔三月黃

士何年認一抔

黃明懿

明懿字秉直一字晉齋臨桂人乾隆二年進士官編修 上江宣諭化導使 館選爵里攷

道鄉臺懷古

有客有客來自北風雨扁舟泊不得何人夜半驅出城老姦自謂忠於國 時潭州守溫益阿蔡京旨下令逐客 崎嶇山路詎可行幸有僧知列炬迎於今此事已千古父老言之淚如雨吁嗟名賢久不作坐對寒江意綿邈

李思永觀察枉過城南書齋見贈二詩奉答四首之
一
數峯延嶽麓生面講堂開漫接朱張席慚非屈賈才山從
芳樹老水有活源來雨露知時候斤鋤自在培

廖方臯

方臯臨桂人乾隆三年舉人官四川知縣

別子民

二十年來老縣官親民最久別民難許多離酒含情咽幾
處留碑忍淚看童叟何痴頻眷戀檣帆欲挂尙盤桓從今

我去無他屬且願常將本業安

蘇大中

大中上林人乾隆三年舉人

望大明山

乾坤浩氣結嶙峋屏障西陲勢莫倫高聳千尋插霄漢橫盤百里控邕賓何時寶劍成龍去自昔金沙出水頻莫負年年崇祀意蒸雲釀雨好耕春

何　疇

疇字叙軒容縣人乾隆四年進士官翰林院侍讀

雁字

分明爪印尚留泥歷亂書空望欲迷雲彩却疑烘麗藻天文應許測端倪飛來閶闔門偏近排向勾陳陣自齊千古才人知不少幾曾能上碧霄題

章紹宗

紹宗武緣人乾隆六年舉人七年中明通榜官直隸懷安浙江安吉等縣知縣

懷城閑詠

高閣憑城城下溪潺湲一脈自山西拚將旅況隨川逝非

好樓居學隱棲時雨已數三伏爽秋雲欲斂萬峰低飛鴻不日衡陽去好會南禽展翅啼

至那壩村書所見

山上閒雲山下松松間流水去淙淙此中或有高人住茅屋開門對碧峰

連山一帶綠蕪平草際牽牛時一鳴樹下村童眞自在横眠牛背作躬聲

因公至南堡遇雨

雲垂寒雨颯將至風細溼烟吹不開戴笠披蓑鴈行立村

童爲接長官來

下車喜啜瓦盆茶童叟圍看静不諱怪道勸農言切實老夫滿腹是桑麻

雨宿村舍

燒草煎茶野興賒老農作伴話桑麻稱心一夜茅簷雨開遍四山蕎麥花

韋孜

孜宜山人乾隆六年拔貢生

八灘山 在懷遠鎮

巍峩如在五雲中壁立超然接太空雙鎖迴瀾威砥柱獨開生面奠鴻濛鐘聞上界聲逾遠閣建層崖徑曲通到此分明出塵壒欲將長劍倚崆峒

廖方蓮

方蓮臨桂人乾隆七年進士官翰林改吏部考功司出任雲南昭通府知府

中隱山

中隱何年名此山莓痕留跡鎖烟關樓虛明月無人到洞養寒雲待鶴還題壁詩篇存黯黯隔林樵唱去閒閒天然

位置巖棲勝爲息壓褋一解頤

曹兆麒

兆麒字應瑞一字非圃桂平人乾隆七年進士官新鄉縣知縣

秋日懷友

傑閣臨江出憑欄有所思雲飛千里夢葉落幾篇詩水闊蒼葭冷天高旋鴈遲故人應採菊幽興更誰知

李開懲

開懲字兆岜一字鹿邁桂平人乾隆九年舉人

即事

一畦剛半畝冬雨着蔬肥數葉饒生意何須採擷歸

石燕山

燕山字北平一字桂堂義寧人乾隆九年舉人官浙江龍游縣知縣

龍邱懷古六首

徐偃王

偃王行仁義崛起先暴秦乘衰竊神器自謂文德淳施化竟有爭賓祭來遠人天厤迓稠疊竊號遂紛紜三十六國

朝豈不罔其民嗟哉楚氛橫兵勢無等倫玉几既以捐赤矢亦不神靈山高峩峩瀫水清粼粼陵谷不盡變王德詎長存國去血食留無用四海臣

姑蔑子

我行姑蔑城懷古心菀結荆榛迷舊路遺宮半灰滅在昔吳越時干戈屢更迭夫椒與檇李强弱互伸屈嶯蹷厠其間泰山比邱垤亦復佐亡吳朱鹿向風揭名垂越絕書功參蠡種列一戰成主霸樹立何雄傑迄今去千載餘韻猶英烈矯首東華山山空霸圖歇

龍邱先生萇

西京炎運歇汙習染縉紳歆雄既變節光禹亦辱身靡靡隨波流頹俗孰克振先生秉高義肆志甘沉淪近挹嚴光風遠希原憲塵彼哉僭竊者束帛胡相親平生藐富貴天子不得臣區區莽大夫何足汚幽人我來九巖畔遺祠蔓荒榛高節不復作懷古空逡巡

楊盈川炯

楊公文雅士雄詞爍金玉罷直承明廬微官此羈束琴堂發高詠秀奪盈川綠偉哉渾天賦摛藻何華縟遺編緬猶

菲芳韻香難續所嗟仕宦卌廿年始一擢才多福澤慳鬱終黴祿文章憎命達千古同一局三復少陵詩爲公薦春醁

徐侍郎安貞

天寒孤陽伏時否賢人藏軒冕豈不懷所悲軀命傷堂堂徐夫子識度何恢張尊寵開元中名位誠昭彰涼風一以拂世運成金商飄然賦歸來寂處僧一房嗟彼泄泄者快意猶迴翔豈知謠諑憂近在肘腋旁高明來鬼瞰焜燿乃自戕我今讀公詩渾渾韜雄芒全身在遵晦斯言古所臧

三歎懷哲人千載遙相望

宗忠簡公澤

此地昔荒僻儒術闇不彰濂洛播遐風渺如天一方卓哉
宗忠簡美官竄宮牆篋任來作守蔚爲彝倫倡重道延師
儒右文振膠庠經術飾吏治正學因以昌遂令彈丸區赫
有經籍光至今被餘韻絃誦猶琅琅我來慚後輩衆口談
芬芳咫尺金華山精靈應未亡月明每來過淳風鬱相望
九原不可作慨然懷靖康

壬辰夏抵龍游任禱雨紀事

龍邱夏旱天如焚有司日日修明禋圭璧既卒神徧舉仰天但見陽烏跛我初入境訪民隱顛聞愁嘆吁可憫苗色萎黃漸欲枯灌溉無術念頻軫潔齋三日始告虔緣章上奏驚帝天爐烟未盡香穗細仰面儵覩油雲鶩夜窗刁騷門松竹侵曉希聲猶謖謖登樓試望水平田苗忽青葱生意足一夕膏流珠不如東阡西陌相歡呼桔槔閒倚濃陰綠處處青山啼鵓鴣

劉興讓

興讓臨桂人乾隆三年舉人直隸贊皇縣知縣

秋懷

烟波滿目旅人情儘日閒窻風自鳴閱世粗能諳冷煖角棋懶得較輸贏故園兄弟書偏少秋水池塘草亂生把酒欲詢天上月爲誰皎潔十分明

送楊撫軍晉少宗伯 公名錫紱清江人

帝心簡在重南陲三載功成口有碑耕鑿潤含彭蠡澤詩書風動桂林枝蠻烟熠氣雲舒錦陰雨流芬地產芝百粵終歸陶淑裏江亭莫漫悵歌驪

停舟小摘

扁舟晚泊傍銀塘偶摘溪毛滿一筐苦勝蕨薇須細嚼甘回橄欖耐初嘗黨家自識無羔味楚客空吟落菊香不厭寒酸偏笑我咬來只有菜根强

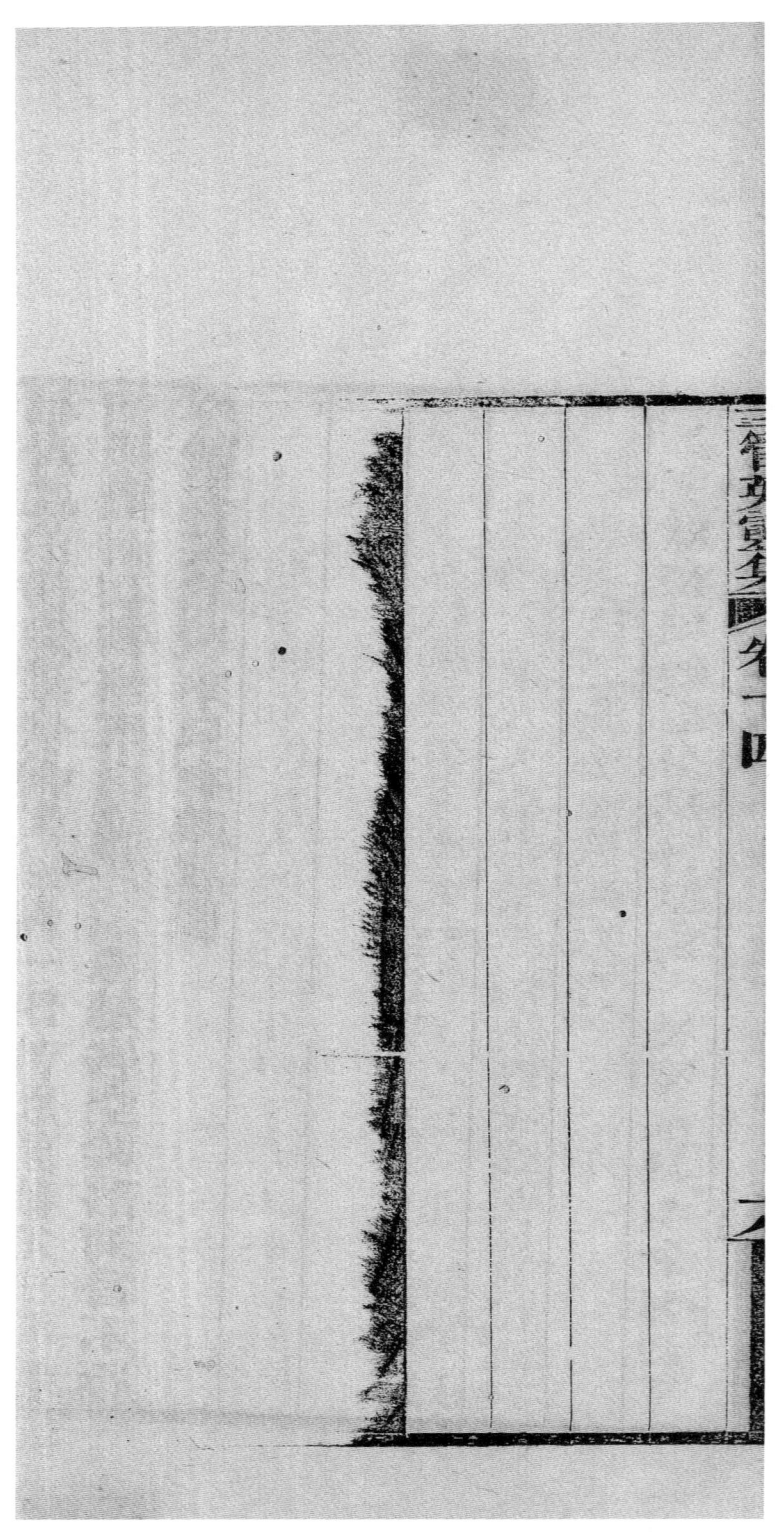

三管英靈集卷十五

福州梁章鉅輯

朱若東

若東字曉園臨桂人乾隆十年進士官山東泰武臨道

丁丑秋轉粟淮上重九日温尹亭同年如玉攜尊見訪因出家大人引泉築室圖索題卽席賦成并待觀尹亭乘槎泛海小照依韻奉答

握手欣相見幾忘身爲客掀髯一笑畧寒温顧余炯炯雙

睥碧太眞風格本無匹昂藏磊落松千尺兩載重遊楚粵
間歷過瀟湘到桂山桂山風物由來少況値重陽試事閒
無多好景君偏記風洞星巖隨所置夾道爭看映日旌登
高共仰垂天翼憶我離鄉十五年因君悵觸家園事竹屋
茅檐架構全漁樵爲友麋游仙老親樂志早歸田負耒築
室環淸泉而我亦人子匏繫嗟難旋側身家國兩無補寒
燈靜對心悠然如椽大筆感君賦傳神繪意紛毫顛昔年
瑣闥遽分手卽今題句寧非緣讀罷新詩神獨往更椷一
幅勞深想披圖恍見御風行蓬海瀛洲如指掌九月涼風

天氣清星槎杳杳乘秋爽四大蒼茫一望空寰區俯睇真
宵壤

靜海遊信天園四首之二

城隈幾半里繫纜到芳園春老踈花落烟深綠樹繁漁歌
生別浦帆影過層軒不用芟蕪蔓翻多古意存

累土成高岍疏池納小川松柯聲謖謖蓮葉翠田田風月
傳杯夜烟雲潑墨天池頭供奉罷能不憶平泉

偕宗紀遊八首之五

初踐名山約平明磴道開烟蘿盤石壁雞犬隔塵埃殘雪

陰厓集飛湍絕澗來沿溪桃幾樹應是羽人栽
嶂簇疑無路峰迴始見陽寒雲歸洞壑峭壁逗曦光趁暖
山樵聚爭春野鳥忙無名幽澗草苒苒倍生香
絕頂愁攀陟捫蘿忽已登風雲多變態齊魯杳難憑一覽
乾坤隘淩空意氣增飄然欲飛去身似九霄鵬
岱宗饒勝迹臨眺獨徘徊秦篆殘蝌蚪唐碑蝕蘚苔登封
前代侈覽古後人哀感慨升中處蒼茫落照催
漸覺遊蹤少斜陽猶滿山沿崖尋往路長嘯下天關飛鳥
應同倦暮雲相與還歸來重悵望依舊在人寰

抄

懷同門梁靜峰濟遲比部

春暮懷人切分攜近五年卽今疲案牘常憶共書編草擁郎官宅花迎粉署仙退朝多好句北望寄吟箋

食諸葛菜和韻

澤畔春蔬出土肥南陽人去賞音稀別於水陸標殊絕未許膏粱辨是非味外風流堪療俗箇中淡泊可忘機卽今倘想躬耕日時向廬邊趁夕暉

庭前叢竹可愛歲久繁蕪暇日稍爲剪滌漫紀以詩

數叢翠篠倚前楹知歷冰霜歲幾更爲愛虛中標勁節別

芰蕪蔓出修莖臨風雅韻敲窗碎向月疎枝映水清始識此君眞面目俗氛滌盡契幽情

咏瓶中丁香

一枝何處折芳馨素豔柔條勢嫋婷淡倚船窗春欲暮香浮鼻觀酒初醒卻憐花事隨征棹剩有詩情寄膽瓶池上手栽三兩樹遙知開落滿閒庭

戴村即目

一重楊柳一重村處處魚苗水到門田皺僧衣留襞迹池開鏡匣拭磨痕茅茨欲斷炊烟接漁艇初歸野渡昏即此

躬耕堪送老更於何處覓桃源

補山樓晩眺

積雨初晴日影微遠山如黛晩相輝鳩鳴深樹春將暮犢
臥平岡草正肥石逕粼粼侵客屐水田漠漠皺僧衣新成
小閣堪吟望回首風塵計總非

喜晴

日射軒窗倦眼開一簾新綠淨於苔經旬雨氣連村暗何
處山光入戶來稱體恰欣裁白袷向陽先見熟黃梅溪流
活活晴波遠人過橋西倒影回

舟行雜詩十首之二

傍水居人一帶斜誅茅結屋近千家夕陽欲下江天碧都倚柴門看晚霞

雲間隱隱見遙岑翠靄參差淺復深日暮平湖春水闊浮嵐倒影襲衣襟

題錢稼軒同年司寇畫册

老樹婆娑覆短亭望中瀑布響泠泠板橋鎮日少人迹留得苔痕向晚青

郊行偶成三絕

野田漠漠菜花香人語蜂聲一樣忙村巷更無閒似我手
攜筇杖立斜陽

一溪春水碧盈盈人影淩波比鑑清蠟屐不憂泥路滑沿
村愛聽叱牛聲

種柳經旬已茁芽小桃更著兩三花東風時送廉纖雨生
意全歸老圃家

文謨

謨字世範荔浦人乾隆十年進士官慶遠府教授

除夕

孤燈寒照夜對影欲誰親寂寞千秋業蹉跎半百人文章難補世雲物自回春坐待雞鳴後還添時序新

朱洛

洛字　藤縣人乾隆十二年舉人官陸川縣教諭

懐黄則詩

天涯握手最依依判袂天涯笑語違往事盡隨春夢杳離懐常傷暮雲飛無多知已邀明月不再留華嘆落暉惆悵西窗難剪燭臨風幾度淚沾衣

劉定逌

抄

定適字叔逵一字靈溪武緣人乾隆十三年進士官編修

松柏吟

天道四時行一歲一冬夏花草四時更一歲一開謝松柏長青青千年若晝夜不枯亦不榮無心游大化獨怪俗難平寒來始相訝

大明山遇雨次耿明府韻

策蹇鎖鄉山畔行亂雲急雨一時生風聲渡澗喧林麓嵐氣浮空結化城新水頻添舊水濁午烟不斷晚烟迎眼中

一片迷離景好與維摩寄遠情

舟次邕江柬潯陽諸子

烹茶消暑氣常覺夏炎輕夜對星辰豁神閒夢亦清
世態終休論歸來且讀書小亭風月滿此樂正何如

留別潯陽諸子

月巖臺上讀書人（月巖潯陽第一景二程讀書處也）私淑源流豈異今悵
望千秋一灑淚悠悠空負百年心

題棲霞寺澤融和尚小像

下筆當年意已深無愁髮鬢老禪林如何不畫山頭月照

破樓霞夜半心

劉定遴

定遴字　武緣人乾隆十五年舉人官新野縣知縣

游大明山

扶筇直上頂峰行萬壑風濤足下生鳥渡平川低拂水烟浮古樹淡依城山都木客獸名聯歌吹主簿功曹禽名學送迎只與詩人供嘯咏青山不似世中情

蔣艮騏

抄

艮騏字蠡川全州人乾隆十五年進士官至通政使有下學錄京門草覆瓮紀遊諸集又東華錄亦其所著

登書堂山

青鞋慣踏北門路空記柳侯讀書處朅來北郭濫齊竽仰屋空齋欣暇豫喜隨逸興老東山蠟屐齒新風可御蜿蜒蒼蟒勢軒爽硬盤修尾橫烟霧紛披宿莽轉羊腸側立青晳森虎踞仰循危磴足半垂俯視側厓魂欲怖幃開半腹野色收石闕層臺元氣固憶昔東郊抱道來手挟鴻濛撰杖履後來名彥景芳躅濟美歷明堪指數劚平地骨豎畢

飛乞得天章騰鳳翥就中尤盛武宗朝中州鍛鬴東橋顧一時麗藻摛星懸十數危亭儼碁布世事幾經二百秋荒榛埋有輪蹄駐依稀斷砌想前修指點虛蹤增慨慕乳泉盈甃自渟渟鑑物秋毫山鬼妒磁甌飽啜沁人脾塵襟蕩滌完吾素嶺穿靈竇泉斯逹郡有教基顏乃鑄自從晝棟隨刦灰忍使青衿悲落瓠卓哉典廢豈異人勃焉政觀甍再遇循塗徙倚意何如涼月蒼茫掛江樹

陳純士

純士字亦亭乾隆十五年舉人官德安縣知縣桂平人

抄

遊天目山寺

名山嵂屼與雲齊步到高臺日已西古殿好風翻貝葉長空蹊雨潤菩提門通曲逕苔痕滑澗臥平橋樹影迷偶脫朝衫歸路晚一痕新月澹如圭

朱運新

運新字時雍一字素軒貴縣人乾隆十七年進士官錦屏縣知縣

朱茉莉墓 貴縣見省志 塚墓

延竚城西隅瞻言茉莉墓棠梨花落鳥聲悲苔青不剝碑

題處紅顏已成蘭蕙摧白骨不隨雲物散嗟此朱家妾貞
人痛早絕我命不辰欠一死酸風淒雨墳頭咽寧爲玉碎
質無作瓦存身寧爲投繯死不忍續貞姻霜鍔之節有如
此婢娟肯逐豪家子自幼能讀柏舟詩化爲貞樹應連理
芳年二十謝粧臺三尺孤墳殊可哀樵蘇不敢輕相近惟
有鈿車澆酒來

劉允修

允修字　武緣人乾隆十七年舉人

述懷

平生無所用守拙獨廷踈無事何妨醉安貧不負青巖川閒富貴雲月老耕鋤縱之華身具饔飧自有餘

納涼曉眺

綠樹婆娑度曉涼弄晴小鳥掠池塘遠山淨色侵秋爽淺水流光亂夕陽遠渚露葉痕點滄隔簾風竹韻琅瑤南窗何事消殘暑滿酌葡萄臥醉鄉

陳元士

元士字資亭桂平人乾隆十七年舉人官富川縣教諭

抄

題巢[illegible]室

屏謝和光混俗心結巢棲息老雲林故人絕少高軒過始覺前山入已深

朱紱

紱字方來臨桂人乾隆十七年舉人官廣東遂溪縣知縣

全州道中即事與友人同作

步虛何處奏鸞簫難得良朋共暮朝湘岍雲歸收雨腳寺松烟曉鎖山腰舟中夢鶴人三影客邸談詩酒一瓢翁譜

抄

騎鯨湖海客莫嗤翡翠戲蘭苕

陳艮士

艮士桂平人乾隆十七年舉人

平南將軍灘

漢將征蠻日威名重伏波金銜曾飲馬銅鼓重鳴鼉戈日
迷津泝帆風落戰舸狂瀾經底定舟楫近如何

蕭馨義

馨義臨桂人乾隆十七年舉人官湖北興山縣知縣

書室自遣

斗室無塵到心安境亦舒爐香嘗盡燼花氣入簾蹤賞雨曾沽酒臨池又學書淵明三徑在吾亦愛吾廬

吟詠偕吾弟頻將舊稿刪詩書終日對風月此身閒供客惟佳茗當軒卽好山閉門無箇事投老屋三間

李時沛

時沛字雨亭興安人乾隆十七年舉人十九年中明通榜官鹽城知縣有南游集歸田集求近堂文集

韓夢周南游集序云先生詩上溯四始六義下逮漢魏六朝唐宋大家靡不擷其華而尋其根指歸大要見於淮陰侯余忠宣懷古等什爲淸江楊淸慤公所賞湘源謝梅莊後壇坫代興獨樹一幟誰當抗者

丁湘錦南游集序云余曩以詩游於漕帥楊方來督學羅方城二先生之間二先生皆喜稱兩亭先生佳句如石人無語閱滄桑句楊所喜也鷓鴣烟裏盡情啼句羅所喜也而余尤擊節其續稿中如忽聽松風生似與幽人語則幽淡靚深殊有王輞川風味而支離誰念風塵苦顛倒終憑造化仁哀而不怨亦古人所未道也

擬古辭君子行

心如百鍊鋼身似千秋松四時節不改謖謖來清風清風百世師古人當何從崇高豈不貴滄海百川宗退然意念深休休如有容無爲衆人上君子乃有終

瓜州夜泊

擊柝聞江滸孤蓬轉寂寥樹明瓜步月風落海門潮愁思經年積勞生兩鬢消何如行估樂轟飲夜吹簫

罷官書懷

一官仍報罷回首負初心不信年如水空餘髮似銀瘠疲雖起色風俗未還淳中夜難忘處殷勤望後人

秋夜雜感

風流雲散渺無端觸緒紛來亦寡歡送客滿江秋月白懷人一夕桂花殘明珠珍重何由報寶劍淒涼只獨看遠道無因謝知已爲言相憶勉加餐

空階寂寂夜迢迢矯首微吟向泬寥毛羽自憐同翡翠榮枯不擇學鷦鷯青萍價自何年長碧樹枝從隔宿凋默坐焚香還自慰文章清福恐難消

對菊漫興次沆菊人韻

獨憐老圃抱寒香坐臥渾忘襟袂涼人羨清名稱隱逸天留完節傲風霜新枝鬪擁南山翠佳氣秋橫一徑黃寂寞仍教寄籬下也應不是入時妝

秋日偕何生游鰲山寺

籃輿取次度遙岑結伴清秋訪道林雅以紫衣留客住清

抄

於白閣坐禪深諸天花雨春常在古殿風幡晝自陰好向桑門求慧劍欲除煩惱已非今

重游楊柳田庵 并序

余於乾隆七年壬戌歲讀書是庵今嘉慶七年壬戌九日重游俯仰之間六十稔矣松竹高寒逾於疇曩殿廊整飾頓改舊觀感歲月之遷流嘆交游之寥落未能長齋繡佛透悟禪關猶幸短杖清風因緣前度聊拈俚句以志浮蹤

九月政當重九日祇陀重叩有前緣到來忽忽三生夢往

事應偏六十年野竹干霄侵丈室老松如蓋護經筵欣看寶刹重新建一榻還思倚梵天

卿彬

彬字雅林一字拙園灌陽人乾隆間歲貢生入祀鄉賢

生日出遊

就養官齋政未平老逢初度百愁生承歡豫戒開筵祝謝客聊爲出郭行稺子招來飴弄好平頭揮去野談清深勞父老烹新茗絕勝躋堂酌兕觥

胡子佩

子佩字敬齋滕縣人乾隆初貢生

春夜懷友人却寄

冷落殘燈一穗紅荒雞晦月五更風春歸桃李芳菲裏人在林泉索寞中玉宇瓊樓淸夢斷烏絲銀管昔年同江淹才力何曾盡知有新吟與不窮

韋日華

日華宜山人乾隆初歲貢生官富川訓導

曾仙山逵眺

騎雲絕頂放青眸（山有石屏上刻騎雲二字）四面山環一望收元鶴高低飛閣外紫霞濃淡落峰頭天門事業齊霄漢龍水帆檣近斗牛目斷碧空殘照裏煉丹仙去不知秋

黃謨烈

謨烈字奉先一字澄江武緣人乾隆間諸生

書懷

天涯數載任奔馳迴憶重遊不再期四海雪泥鴻有跡五湖烟樹鵲無枝磨殘輪鐵心還壯閱盡津梁力已疲鏡裏相看驚我老風塵蓬鬢感絲絲

陳子晳

子晳宜山人乾隆間歲貢生官梧州府教授有冷署

閒吟集

自嘆

只爲虛名絆此身十年猶自逐風塵卑之已是無高論貧

也何堪與病隣雲漢自憐收短翮濠梁且復對游鱗武陵

人去仙踪渺拾得桃花漫問津

孫躍龍

躍龍又名鶴齡字禹濤一字葵亭馬平人乾隆間貢

生官岑溪縣訓導著有葵亭集

較泉

乙巳館慶遠之孟家壘龍泉在焉昔黃山谷較之水果重故俗呼爲重泉余復較之信古人不我欺也

山闕別秀頑水亦有輕重偶爾相較量氣化疑非共初出泉源清一脈天機縱烹茶味更雋澆卉夏亦凍流遠混江河似冒井幾真寄語養泉翁葆真善所用

彭紹英

紹英字承時一字澍漢歸順州人乾隆間歲貢生官

抄

恩恩縣訓導有極洞詩草

柳

灞邊栩栩葉初黃蹴地裊絛數尺長任是無情終嫋娜非關得意亦悠揚輕腰想像隋隄上柔態依稀漢苑旁最愛深藏鶯語滑園林竟日有笙簧

張宗器

宗器字裕聘一字鶴峰賓州人乾隆間貢生官梧州府訓導

賀縣署中寄春郎事

朝朝把酒賞春暉與去春衣製夏衣乳燕於今棲棟。翩遊
人何日聚庭闈繁華過眼隨紅瘦生意關心對綠肥冰署
自憐鄉夢遠含愁應不爲花飛

又隨園詩話卷十七八第六頁
載胡書巢過小孤山七絕一首

三管英靈集卷十六

福州梁章鉅輯

胡德琳

德琳字碧腴又字書巢臨桂人乾隆十七年進士官山東東昌府知府有西山雜詠東閣閒吟草燕貽堂集

隨園詩話云香亭出守廣東余賦詩送行云君恩深處忘途遠家運隆時惜我衰一時和者甚衆惟押衰字頗難胡書巢妹夫和云江南政績新遺愛海外文章舊起衰余作書深美之書巢答書云爲押衰字頗費心今果見許足徵兄之能知此中甘苦也書巢詩尤長五古全集未刻余爲代存數章云

望華嶽

金天劃元氣削出三尖峰遙覩不可極但覺烟霧濃稍近
氣截剅霜刃明銛鋒亂堆碧琉璃萬朶青芙蓉渾淪出圭
角劣巔增神丰頂有太古雪時復經殘冬皎若飄縞帶環
珮鏘瑽瑢玉女開口笑蓮花作殊容明星曉未落呼吸通
帝宮餘峰燦羅列儼若兒孫恭其末勢蜿蜒踢臂垂蒼龍
憶昨過東魯曾一瞻岱宗茲游復快覿豁達開心胸高飛
兩青雀指引羣仙蹤徑欲抽手板一挂九節笻

至華州望少華山

寒日照前山輕烟迷後嶺緣延勢爭出殊狀矜豪猛中峰象自尊羣伏究難騁最後一峰秀娟娟意何靜縹緲神人姿盈盈晚粧靚微雲時卷舒春風掠鬢影毛女訪仙蹤靈祠配絕境一氣條合離萬變集俄頃古郡過弘農緬勝時引領

途中回望二華

連山如洪濤一瀉不得住散作平岡低萬壑此爭赴奔騰勢未已倔強有餘怒數里漸逶迤坡陀相錯互草木何繁滋容喬欽美度落日下翠微蒼蒼羣峰暮白雲幻奇形屢

頗有時誤

武功

曉行馬蹕驛午過扶風鎮透迆坦道間突兀前岡峻路勢皆下趨谷口犄百仞馬蹄時高低數退始一進轉折得虢原山路殘雪視沮漆二流明小橋水聲迅人家伴營堡風俗兼秦晉遠尋后稷祠肅拜翁特揞徘徊夕陽中溯風理塵鬢

連日望終南山皆在雲霧中今日稍晴對面數峰歷歷可觀

鳴鳳高巳翔寶雞遙在望數里巉谷間四野忽空曠終南對面出長戟森相向晴雪明千堆寒光紛萬狀客心久紆鬱及此爲一暢捷徑爾何人高歌自神王

其二

曉晴山色佳崔嵬立雲表一半入空翠數峰明了了山巔何丰茸暮景更窈窕依依樹杪間遙帶行人小相對媿塵容緘情向飛鳥

大散關

蜀門自此通谷口望欲合日月互蔽虧陰陽隱開闔微徑

臨深谿馬蹄畏虛踏溪流亂石中砰磤肆擊磕時節已初
春氣候如殘臘黃葉間青條風吹鳴颯颯時見采樵人行
歌互相答

柴關嶺

山多樹如薺高低隱嶙峋古藤相摎轕雜亂連松鈎鬱鬱
長虵走森森萬戟陳木棧或斷續我馬時逡巡舍車共徒
步四顧驚莽榛顛倒臥雪中行將摧爲薪嘅念造化功雨
露非不均中豈無梁棟材大寧久湮

南星鎮曉發

危棧無宵征行人必待曉茲辰歘不然何事起我早僕夫前致辭出門路尚好歷歷望晨星渺渺即長道月黑天為陰雲靜山更悄茆屋閉孤燈鈴鐸驚宿鳥偃臥向輿中殘夢續未了

鳳嶺

地形扼褒斜天險標秦鳳離城三里餘盤盤出高空山骨何崚嶒凌霄踴飛動一騎纔可通盤紆不得控天際瞻前驅盈尺散徒衆雄關在嶺半雪積路全凍澗道千層冰石角五色櫻雲霧生足下俯瞰深澒洞久視頭目眩數武腰

腳痛登頓氣欲靡轉側聲爲閴常疑豺狼藏幾見鶖鶩鳿
雲日想文章卽有將安用山風颯然來雜鳥時一哢

馬鞍嶺

纔過野羊水峰嶺漸詭異羣山忽崩犇立仗排天駟儼八
細柳營徐行各揆巒石壁尤嵬奇鋒鋩何銳利直折或橫
裂往往危欲墜窪隆不一形峆岈各殊致路迴騎如傾陰
崕含更闘淙濤間澄泓閑目畏久視貪緣百餘里登降二
十四前指樊河橋靡靡稍平易解鞍招旅魂恍惚心猶悸

雞頭關

谷口分褒斜蜀棧半秦堠危碥歎纔過雄關驚還又有輿不可乘絶足失馳驟下馬扶人行策杖氣爲痠螺盤幾折旋羊腸相糾繆忽忽出蒼頂雲烟生衣袖漢江一線明俯視空宇宙雞幘何葳蕤天半伸其脰赤色映斜陽高冠如甲冑危立致峩峩似欲逞一鬥過此漸坦夷平原如列繡炊烟浮村墟樹木雜橘柚出谷馬頻驚不驅而自走一笑失旅愁天府展遐覿

五丁峽

峽口兩山分斗壁儼如削谿澗石齒齒列排狀獰惡白雪

復平鋪碎光蔽齗齶馬蹄如懸絙十步跲九却一綫鼓涓流纔足勝杯杓嶓冢開導漾窮源知不涸誰識大禹功虛傳五丁鑿石牛何悠謬此事堪一噱及關見盲人忽憶泰軍詭前路想艱難心膽幾爲落再下循牆走稍稍喜寬綽高咏步前修遶紹張王作

朝天峽

甸月走雲棧登頓勞下上輿中困掀簸厭聞馬蹄響今晨改水涉先喜聽雙槳羌舟小如葉羌水平如掌健疑青鶻飛疾類枋榆搶灘轉峽角來雙峙亥千丈石裂怒欲落畀

壓不敢仰洞陰中慘慄白日迷惝恍其深蟠蛟龍其毒聚虵蟒側目望天闕閣道更渺茫行人偶失足一墜詎可想晩餉掩樓底歈歌近越榜南風淅淅吹所恨欠五兩

牛頭山

我來石牛道不見金牛跡此山無乃是牛頭名自昔雙峰茹捲角生態殊盤辟犄特空千斤對此應辟易昂昂青雲端細路緣其脊折坂上黃泥梯級越千百下視嘉陵江曲抱環深碧步上天雄關我馬同踟躕僧房偶展眺四山毒霧積下界忽銷沉茫茫一氣白西南望劍門迢遙路猶隔

坤靈亦何心要害生險阨特區天府偏枉助奸雄遂旄牛近入貢四海銷兵革生逢堯舜君豈敢和白石歌以述艱難聊慰遠行役

劍門關

天開西南隅山分大小劍造化鼓洪鑪及茲費百鍊神工自鎔鑄元氣劃然判巍峩侔金湯審林攢羽箭百萬未敢窺一夫力能捍以此屏帝都亦曾飽喪亂統悲蜀漢偏霸嗤公孫僭王孟及李雄區區何足算　聖代今一家德威彌遠患小醜鬧跳梁屆之以不戰雄關晝常開過客憑眺訖

嗚呼四賢樓榛蕪久汗漫文章剩殘碑百丈留光燄我來對夕陽摩挲意未倦高歌倚白雲努力追前彥

石洞濤寄浦山師

昨宵越牛頭秋毫緣微徑今晨發梁山梯級復石磴兩旁列蒼官冠劍古而廷春陰漠漠低曉色杳若暝微風一披拂瀟灑滿清聽手植傳李侯遺愛後人敬曾讀先生詩眼明吾能認觸類隨引伸瓷篇寓比興遠追古柏行千載將論定小子緬高致低徊駐鞭鐙欲和竟未能三歎筆鋒勁

退菴詩話云袁簡齋先生謂書巢受業於嘉禾布衣張庚而詩之超拔實青出於藍此浦山師即張也

夾江道中望峨眉

青山羣古螺白雲浩如海片片無定姿峰峰各殊態晚霞一凌亂積雪遞明晦儵忽驚合離俄頃詫遷改盤盤八十四巳失其所在咫尺不得游惆悵迷津遠何時稅塵鞅絕頂飽烟靄寄詩山中人芒鞵好相待

九日喜晴寄暢亭即事以山氣日夕佳為韻與諸子分體賦詩得五首

小邑富清暇孤亭勤追攀況逢佳節晴霽色開我顏寄暢緬遺構掩映花竹間池分剛維水城背鬱華山欲起西北

樓遠黛迎烟鬟登高俯原野溝堰聞潺潺滯穗猶棲畝憫
茲稼穡艱長官自無事田家方不閑
大道迷荆榛長林鬱豊蔚清霜淒以零蕭瑟餘金氣秋色
自佳哉籬菊花開未襲木無凡音醇醪有至味遠師彭澤
宰近媿聰明尉清亦畏人知知希方我貴
白雲照鱗鱗清商鳴瑟瑟滓梗幾蓬飛勞苦難盡述天涯
作重九此會懽繞廡茱萸插已徧菊觴汎還溢家無負郭
田祿養藉微秩葵藿志平生同心期燮日
大江溯洪流遠映楚山碧悲秋志士心萬里常作客壯游

憶鄂渚幕府拓金戟陶朱五湖長苑丈容安季仲文章伯吳二雲巢雲間陸士龍鶴巢相要捉裘屐同拈齊山韻狂言驚綺席風流忽雲散七載如一夕升沉雜悲歡轉盼嗟殊易獨悲泉下人精爽幽冥隔謂莪村夫子及鶴巢淚灑漢上襟痛理西州策蟋蟀吟近砌宿露明寒蕤舉首見飛鴻晴翅雲中摒高卑各有適出處初無乖經綸歸儒術騷雅亦吾儕周孔無異趣地易理自諧斐然二三子樂此風日往言志準盍各斟酌攄奇懷忽念素心人謂太史白雲嘉會悵未偕

宿雪門寺即二程夫子讀書處又名夫子院

寺後山巉巉兩翼如飛班傳聞東漢時其上曾集鳳周孔逝已遠訓詁日益衆築室紛道旁天地氣亦霧誰歟起廓清千古兩伯仲長鳴伊洛闡遺跡此巖洞衰遲不可論接輿有餘痛

蜀洛初無分搆釁由黨錮私意立門戶對面生戈戟不知古聖賢虛心時脈脈微言絶正始先天尋一畫覓師爾何人空山獨挾策相逢極探討片石留講席我來千載後松聲送寒碧想見讀書人研朱清露滴

牀下候蟲鳴枕邊山澗響晝夜逝如斯陰陽悟消長置身

聖賢中放懷千古上溺志苦齷齪撫躬悲骯髒文章飛鳥過鐘鼎來亦儻一命必有濟此語本吾黨衾影苟無慚大道已參兩展轉不能寐出處致可想一燈青熒熒寒光颯蕭爽

二月望寒食陳家碾

夜雨從東來疾風吹忽斷出郭聞啼鶯始知春已半麥隴苗青青墓田草漫漫棠梨明遠村弱柳垂高岸道逢墓祭人嬉游雜童冠士女如雲屯歌哭聲相亂感我宦遊子臨風起長歎

官道馬蓮嘶時聞苜蓿香不出門幾日菜花如此黃蛺蝶從何來弄影獨悠揚飛飛忽不見瞥眼送春光

李花糝野徑桃花亦從風近山氣候殊樹樹能白紅居民斷烟火寂寂林盤中田塍路適窄溝水時相通平流驚漸急疾雷聲隆隆數家環碾住俯據大壑濚春籛了不事杵臼憐磨礱昔人重地利今人負天工逸居思易淫機智將安窮

丁丑上巳修禊城南宛在亭會者十有一人以此地有崇山峻嶺茂林修竹分體賦詩得有字

今年春色早寒盡不待九穀雨逢上除（是日穀雨）遠在清明後古邑雖城南一池清瀏瀏暇尋知仁樂座滿山水友高亭集流觴故事徵賜柳曰余蹇劣姿幸結循良綬棠陰舊尹濃（亭前為棠蔭祠乃邑人祀前令胡丁諸公處）椿老邦人壽落英紅乍疎飛絮綠初厚僧房餘鼠姑鶯語禽鵶舅花鳥亦多情相待忍相負忽悟逍遙遊眞人無何有詩吟晉魏前書擬將軍右風流追永和歲幾傳不朽

寄香亭并柬令兄存齋

暫別猶悵怏久別恒苦辛一日如三秋忽已及五春念我

別子時獨餞湖之濱小舟乘一葉鴨綠風鱗鱗雙峰帶五柳靜對如嘉賓舉杯邀青山徑煩作主人清景一墮落手板趨風塵崎嶇緣一官天風吹峨岷江湖遙相望別緒何時申

攜手天水橋送我北信關君歸我夜泊咫尺不能攀何況萬餘里遠隔千里山子來既無期我行猶未還至今夢縣中橋下鬧潺潺流水無已時思君如連環

僕夫前年回言子在壽州紅蓮作書記翩翩負風流邇來連得書蹤跡仍萍浮青衫猶未脫爲客還依劉國賓天下

共明珠背暗投子守盧諶誼我亦越石儔不信百鍊剛眞化繞指柔如何骨肉間行止不自由念此欲成疾非子胡能瘳

森森九種竹燦燦十樣箋六六雙鯉鱗泠泠三峽泉險易雖有殊窮達何與焉自昔結隆愛金石貫眞堅與子同一心豈與時俗遷寓書奈不達在遠情空延子卽能我亮我衷胡由宣相思如蘐草憂怨何時捐

士窮乃工詩斯語不吾欺堂堂歐與梅千古眞相知舫齋始編纂筆墨全娛嬉作序媿皇甫點畫慚羲之余昔爲香亭手抄詩

集序之題曰舫齋詩始香亭後贈句云編集敢勞皇甫序刪詩還借右軍書朅來郵筒中清吟寄江湄妙得山川助老成語益奇斯道本性情嗜者忘渴饑才力固天賦大小分程期郊島特寒瘦厥味等蟛蜞輕俗到元白終爲識者嗤不見萬丈光李杜眞吾師哲兄實仙才鸞鳳供鞭笞君姿亦絕倫驥足相攀追我學嘆日落荒穢久不治何日細論文樽酒還相持

山城春欲暮牡丹開已早閑步向空階露蘂紅杲杲思君鬢齡時見我眸子瞭玉樹倚蒹葭聚散謂可保自從粵回杭會面已覺少如何又遠離音書頓成杳聞君已生女呱

呱在繈褓君姊尚無出我髫齔如草無情學花木猶難常美好情深兼離愁安得不速老努力愛景光相期首同皓古人亦有言榮名以爲寶

得葯上人書却寄

峩峩牛首山巍巍雙闕峙曾讀江令詩知有南朝寺上人本詩老說法瓊花墜近在中峰書聞已飛錫至明月生龍潭地勝符夙志跏趺轉無言竟欲掃文字回思祇樹園下榻布金地一別空七載風塵逵作吏我眉拖冰雪鑾華方亭山名但高寄日夕望江東蕭然碧雲思何時造香界願闢第

一義

重九前二日瑩心堂賞菊以秋菊有佳色裛露掇其英分韻得菊字

微雨過山城秋光淡如沐采采黃金花愛此籬邊菊合節近重陽豐年傳大熟民和神亦欣薄養資微祿五斗秫方收一尊酒新漉開我瑩心堂有客來不速何以娛嘉賓紅牙撥絲竹張燈滿四筵夜氣轉清穆燭影颭屏風玲瓏紛錦簇醉後罔新詩脫略去邊幅高風陶令遠晚節韓公獨吾欲師古人二者知爲孰

李子耿堂閱余入蜀草題贈古風一篇次韻奉酬並
柬高白雲太史

吁嗟蜀道難高歌多慨慷平生負奇氣浩然竅正養無心
學馬曹拄笏向西爽一夢落遐荒萬里入悲愴山水開塵
襟清音散餘響名壓百寮底身在青天上常懷謫仙人軒
軒起遐想一別空千年發言誰我賞之子實菑畬著書屋
能仰臥作江山遊名遲龍虎榜暫同虬蟠泥能識牛鳴盎
二豪嗤蟻蠓一枝輕糞壤結交必英豪譚藝見忠讜評斥
不少貸世法破蛛網齊魯方主盟滕薛敢爭長太史司馬

才同載喜兼兩燭跋語方闌夜色更莽蒼

自三衢泝上流諸灘

山谷何紛糾川渚忽吞吐一線通微茫龍蟠不知數峭迴覺有村崕折訝無路幾轉豁開曠人烟出雲樹水碓時自舂千溜爭飛注孤艇泝風勁石激浪愈怒競挽失猶遲進少退則屢既久越平陂活活漸奔驚後浦倏已迷前灘復難溯百里行未半羣峰黯將暮澹沱澄江影落日散鷗鷺弗履巇嶮途詎識滄州趣

客有譚紫雲金鼓諸洞之勝者度棲霞嶺詩以紀之

前湖春色喧後嶺人蹤悄心知高邱壑路遠希登造有客能共遊披險遂幽討一徑入清深萬象漸窈窱淲淲來澗泉盤盤凌磴道樵聲出空林人語含飛鳥進步怯嶇嶔轉頭忽眩掉其半得孤亭少歇坐荒草回顧來時境紅塵何擾擾

示內子

事親在承志至樂唯聚首娶妻非為養此語君知否不見古賢媛親身事杵臼雞鳴相夫子同心即佳婦汝亦知書人頗能奉箕箒所恨異鄉縣歸寧因父母遂令廡下居違

離堂上舅吾兄罪病歸猶能及春酒弱弟早成人拜跪分先後獨我此遠客中心時自告行也驚懷安歸與奉老壽

咸陽早發大雪

夜宿咸陽月已黑衾裯潑水驚寒慄曉起階除積雪深瓊瑤三寸堆門閾冒雪出門雪轉飛郊外漭瀁供憑軾彤雲倒地浩千頃四野連天共一色岡嶺低坳遠樹平人家出沒孤烟直坐覺乾坤致清朗心知川藪藏疾慝龍蛇大澤隱曲盤狐兎深山潛走匿此時宜獵南山南不者且臥北山北胡爲瑟縮向道傷車殆馬煩空太息長安漸遠茂陵

近松柏蕭蕭晚更急回風飄灑滿征衣舉頭望斷歸飛翼

黃崗雪中拜李滄溟先生墓

濟南城西漥不隆高崗突起何龍嵸亂石槎牙太古鐵虎蹲豹踞白雪中南山蜿蜒玉龍似回看一氣青濛濛下有詩人一畝宮龜趺剝落莓苔叢異代相感愚山翁大書深刻磨青銅冠裳入夢精靈通我來下馬悲匆匆二溟擬合攻木工垂成忽敗戇無功低徊再拜明孑吏殘雪掩映斜陽紅

京師寓中消夏

陋巷無車轍愁侵歲月過懶宜知已少貧怕受恩多新酸
歸紅藥寒香夢碧蘿儆裘猶未脫去住兩如何

將抵廣陵

十里蕪城近遙看雉堞齊愁心楊子水曉夢汝南雞風定
帆檣直天寒塔影低可憐新種柳蕭颯滿長堤

清明後三日湖上即事

已過踏青節沿流草色長天將垂柳碧人帶落花香泉冷
鳴春雨山孤倚夕陽一杯同弔古眞屬水仙王

過固關

雄關驚陡絶直下井陘西霧磴青泥滑霜梯白練迷馬蹄轟斷棧鳥影落花谿戰地多遺鏃空山長蒺藜

汾陽道中喜晴

曠望眞無碍迢迢入暮天長河猶閃日遠樹欲生烟野雀啄冰立羝羊負雪眠素絲與歧路賴有故人憐

鳳翔道中

幾日春風過塵沙淨馬蹄微陽生遠樹殘雪凍春泥田際草根短天遥山影低欲投人處宿村落一聲雞

過青羊橋

危橋逼斷嶺砥柱障狂瀾灘響聽還失岸窮下更難亂雲衝馬過怪鳥向人看誰學任公子連鰲上釣竿

昭化舟中寄懷雲巢即次贈別韻

晨發朝天峽扁舟一葉過江聲連漢沔雨氣接岷峨金散空囊閑詩成險語多祇餘韋杜集吟玩日摩挲

曉過佛圖關

欲趁凉風去有與破曉還烟分巴字水日上佛圖關旱地悲枯稻陸程愁遠山火雲千里色祇益鬢毛斑

李花一首次儆庵

仙李舊知名風標瀟更瑩穠香和雨發遠白入宵明衣剪齊紈薄風吹縞袂輕肈綃佳句在咄咄別人情

煎茶坪

微霰飄蕭叢樹林縈迴一線路千尋亂山缺處青天小大壑寒生白日陰雨後荊榛餘虎跡冰流澗道雜泉音防身長劍崆峒倚誰識王尊叱馭心

聞雲巘自粵之楚將至廣陵以五絕迎之

君溯灘水來將虔湘水去若過相思江停橈爲一住

歸舟雜興二首

畫舫笙簫入夜清竹西歌吹古蕪城二分明月無人管廿
四橋頭空復情
金焦對峙路平分閒道挐舟望海雲半夜黑風吹水立寒
潮驚鬥水犀軍
上巳後三日復偕香亭豫庭曉岩步至湖效嬉春體
二首
說著湖山興欲顛新晴又値豔陽天家人解識相料理爲
典春衫作酒錢
吾愛吾家澹薺老孤山雨和入梅詩今來樹樹皆新種正

是空亭花落時

望龍冬山

雲門昨夜雨初過涪水新添幾尺波一片白雲飛不起隔江山色認龍冬

三管英靈集卷十七

福州梁章鉅輯

龍皓乾

皓乾字靜怡號省齋賀縣人乾隆十八年舉人官雲南宣威州知州有省齋詩存

擬昌黎琴操七首之五

將歸操　孔子之趙聞殺鳴犢作

無與石鬬兮無應龍求龍自興雲雨石任乃沈浮我瞻四方狄之水兮何悠悠惟舟不濟於水奚尤返旆而東兮聊

與水休

倚蘭操　孔子傷不逢時作

君子之傷君子之守蘭抱其幽不絅非偶大塊茫茫誰與翱翔窮於所之自洵其芳洋洋海波莫濁匪河日仄之離鼓缶而歌

越裳操　周公作

四海既均越裳是臣人從遠至非求遠人我風之播我文之仁不惟其物惟遠是訖六合其遙以此無拂

岐山操　周公爲太王作

爾莫余追無思我悲非狄之故去爾何爲爾仍依爾土撫者豈爾欺岐兮歧兮將安諸孰與爾居

履霜操　尹吉甫子伯奇無罪爲後母譖而見逐自傷作

獨無母憐兒寧不悲兒辛莫道兮身與相隨笞兒當受杖兒敢違菱荷爲衣梈花爲食棄之中野晨霜惻惻獨兒是履凜凜相逼

偶成寄友

嶺外一片雲常從石徑穿夜半不行雨清晨或吐烟本是

從龍物胡爲山水邊水能淡雲性山中自有天我每與雲遇雲與我周旋人謂雲無心我獨言不然不作奇峰險不爭五色妍杳靄入草堂欵欵致纏綿渾乃無痕迹觚棱咸棄捐去留雖莫定總無見異遷世人笑我迂迂此山中緣朝夕雲爲侶對雲自揮絃高山共流水雲意相流連願雲常伴我養我心平平

古意

孤鴻薄青霄下視衆羽微俛首飲清露揚翮抱朝暉從風一聲起逝向塞門歸淩虛引層雲送者五絃揮托跡衡陽

峰南侶聚依依長鳴不競響慷慨自歔欷長鶴妄呼喚霜隼肆詆誹鳳凰據高岡反振凡鳥威祥類且如此何訏弓彈非唧蘆豈防矰差逐稻粱肥任彼弋者篡惟有冥冥飛

秋雨

颸豕需雨稍後時往往立秋以爲期氤氳秋氣四塞起雲之所布雨流澌東澗西澗如雷吼南山北山且電馳昀昀朧晦見需足豈減春膏極淋漓槁苗得意爭起立生機鬱勃何祈祈陰陽不理同暴虐爲其所殘必傷痍安得所生若時雨死者復甦危者持

秋笛

柯亭舊事漫相思蕭館知音更問誰他日感懷同向秀祇令覩面失桓伊芙蓉露冷凋房粉楊柳風淒怨鬢絲太息當年倚樓句殘星幾點動人思

雲巖道中次俞冶村金明送别元韻因寄

離亭握手依稀事後會何當此會期青草萋萋春巳晚停雲脈脈意俱遲征衫邑浣邊城柳去馬鞭吟驛路詩回首烏延情話處茶烟花韻繫相思

廖位伯

位伯字次侯崇善人乾隆十八年舉人官大同府貫

抄　抄

靈縣知縣有東峰詩集

登文奎山絕頂　崇善

翠聳孤城上登臨眼界開萬山盤地角一水出雲隈粵徼三關盡窮洋幾棹來時平邊驛靜斥堠滿莓苔

遊江州波巖晚登羅漢山

舊有濠梁約今乘春色來扶笻尋古磴隨客坐蒼苔細水涵煙去幽花對澗開林陰紛夕照更上白雲堆

山村雜興

風物非經見枯株春亦花穰災同跳鬼招食聚烹蛇水淺

抄

魚還上俗淳酒易賒自無官吏擾鼓腹過鄰家

追送儉堂査郡伯至南寧

領郡不爲樂堅辭奉老親名山留勝跡秋水送歸人韓退

南天霽花酣北海春一樽重話別五夜剔燈頻

山行晚歸過南津

幾處林鴉已倦飛呼船人帶晚霞歸澄波日落秋光冷極

浦烟橫樹影微自喜頻年遊屐健頓忘初日壯心違奚囊

載得江山趣一路行吟月上衣

王之齊

抄

之齊白山司人乾隆十八年舉人

雲舫題壁

芭蕉風定雨聲乾小閣東頭湧玉盤天上有雲皆似水庭前無氣不成蘭蕭踈鶴髮憐蟾兔飄泊桐花憶鳳鸞老僕似知人寂寞汲來新水煮龍團

黎龍光

龍光字賓王一字晴川平南人乾隆十八年拔貢生官泗城府教授

白沙江 平南

一派淸江漾淺沙溪流屈曲近人家寒分秋漲浮空碧光媚晴波灩晛霞舴艋掛罾收鰋鯉轆轤車水潤桑麻最憐霜白風淸夜燈火漁歌出荻花

王佐

佐字枚亭平南人乾隆十九年進士官文山知縣

閶石山 平南

秀甲龔南域遙靑一閶山峰巒雲外見屏嶂霧中環徑絕離塵處人傳仰止間扶輿胎淑氣絕頂願躋攀

陳鍾琛

鍾琛字紫岱臨桂人宏謀從子乾隆二十四年舉人官至山東布政使内轉太常寺卿

登豐山

招隱何由覓此鄉桃花源水事荒茫小山八月開叢桂九里都聞撲鼻香

陳鍾璐

鍾璐字蔭三號在庭臨桂人鍾琛弟乾隆間太學生

登豐山

漫道鍾靈此獨奇百年堂構想留貽秋風丹桂香生早會

向蟾宮折一枝

陳蘭森

蘭森字稐卿一字松山臨桂人宏謀孫乾隆二十二年進士官至湖北荆宜施道　恩晉太僕寺卿

陳奇山為山東堂邑令逆賊王倫之變兄弟殉節紀之以詩

君子貴尚志人臣期致身生死何足數千載垂芳名聲勢徒烜赫身後鴻毛輕志士鄙猥瑣名共泰山京粵本山水窟閒氣鍾偉人筮仕始東魯捧檄趨風塵疊來治繁劇咊

燬焚吾民牛刀割小鮮悲歌起四鄰 逆豎攖倉卒螳臂當車輪公聞奮袂起殺賊誓城垠首械逆孥屬迺觸賊怒氣反攻堂邑銜狠豕突且嗔或勸公稍避緩兵待逡巡公曰志先定浮言掃紛紜匪躬勵蹇蹇身 殉城亡存難命矢義勇集衆禦重圍南北各分守死固無足論罵賊聲愈厲致命全吾眞伯仲相頡頏慷慨以成仁

天兵耀赫濯所至如摧薪么麽本不齒忠烈萃一門吾聞常山舌史冊撰芳貞又聞侍中血汗簡稱純臣公今勵忠節先後事同倫人生必有死死乃重於生榮哀膺備禮卹

鄉貢

懇綸湘灕毓秀傑奕禩昭明禋

環漪亭賞桂讌集同人賡唱

涼颸初拂九秋天亭子重修桂正妍攀屬廣寒宮裏客種經靈鷲嶺頭仙園圃人坐香環席璀璨花開酒滿筵四世同堂聊自樂一時勝會紀華箋

池靜波清不染塵晚涼宴坐捲簾頻看花有約欣攜伴對景聯吟似賞春萬斛香浮青玉案一枝簪稱白頭人露華昨夜滋芳蕚頻遣奇芬撲鼻新

杪

王星燭

星燭字遠眉一字蓮洲新寧州人乾隆二十二年進士官甘泉縣知縣

暢巖 桂平

講學風流在烟嵐鎖翠微書臺留夜月墨沼映春暉路轉蒹苔古雲深杖履非何當分半席長此戀遺徽

綠水潭

石穴泉根泠泓澄一鑑開不勞疏鑿力方見化工才影淡含新月波空澈古苔魚龍呈變化靈異自天來

胡世振

世振藤縣人乾隆二十四年舉人

秋夜有感

何處秋聲起挑燈夜向闌鴈鳴孤月冷木落萬山寒望遠
吟偏苦乘槎事已難蒼茫無限意不語倚闌干

李成璠

成璠字雲圃臨桂人乾隆二十四年舉人官浙江桐
鄉縣知縣有掬存稿

謝皐羽西臺歌

手提竹如意口歌招魂詞不知西臺高高幾千尺但有悲風蕭颯臺前吹魂來兮何極魂去兮江水黑化爲朱鳥兮其咮安食三句即招魂詞石破天驚此哭聲血淚欲與江波平當時但議文文山歸來乃慕嚴先生烟波老結江湖客不願爲潮願爲汐季子吳鈎墓上留騷人芳草圖中惜蕺山義士別幾年冬青樹長鵑啼烟九鎖山人隔千里謝豹花開吾死矣死錢塘兮葬釣臺山深深兮水洄洄我來再拜酹一杯不聞竹石響但聞猿鳥哀小爐峰下多風雨如見精靈踰髮來

次張南軒與僚佐登江陵郡城玩月原韻

山高寒色重水遠鴈聲多天上霓裳曲人間玉樹歌功名
忙裏錯風物靜中過莫問明朝事今宵月幾何

釣臺謁嚴子陵祠

肥遯先生志祠堂重此州一星終古客落日大江流帝業
摧銅馬閒身羨野鷗誰傳男子在徒枉故人求幣乃同湯
聘竿終笑呂投功名輕躡足風雨老羊裘癡甚貽書霸狂
哉洗耳由耦耕仙侶共立傳逸民收我亦聞風起因來繫
樹遊蒼蒼迷萬壑咄咄感千秋大樹凋名將雲臺失列侯

抄

識誰陳赤伏亭已圯蕪蔓白髮看遺像青山有故耶幾家綿子姓七里聚漁謳頑懦猶能激孤高不可儔惟應竹如意遺響答峰頭

李有根

有根字大材一字西園上林人乾隆二十四年舉人官南寧府教授

遊水源洞贈濬海上人 洞在泗城府北門外

寒齋絕塵事言尋林壑趣策杖出門行良友偕三五佳境恣徜徉喜與高僧晤自言生蜀中峨眉山久住峨眉巔萬

仞飛鳥不能度夜半天風來狂吼人驚懼蘭若倚層崖參差屋角露翹首望雪山（即西域葱嶺）六月霜雪布相去數百里風景歸指顧知君棲名山修眞志良固靈區啓禪機菩提早覺悟雲遊到此間卓錫欣託寓空巖構精舍圖書列無數庭院栽異花門前植嘉樹時聽鳴泉聲勝似聆韶濩白雲伴侶參絳雪饔飧具宵深貝葉繙㬎㬎香一炷跡比孤鶴閒心惟明月喻我來淪茗進談論忘日暮擬作方外交深情託毫素

送余百川還桂林

杜宇啼聲急春風悵別離老成誼案牘洒落豁襟期空谷駒難縶喬柯鳥自知臨歧何所贈楊柳折新枝

朱公祠

公諱統銓江西人明宗室崇禎末由進士知來賓縣聞闖賊破京師莊烈帝殉社稷痛哭自盡其家十餘口無一生者今縣署東有小室一楹封閉甚固相傳其全家骨殖在此

數丁陽九可如何宗社邱墟抱憾多一片丹心光日月千秋浩氣壯山河空庭燐影依疎柳冷砌蛩聲咽絡莎我弔

抄

忠魂倍悒悵殘碑幾度重摩挲

廢興今古幾滄桑奇節芳聲弈禩揚能凜綱常存國脈不慚支派衍天潢萋萋苦雨萎秋草颯颯寒飈澹夕陽誰建豐祠陞俎豆精魂空自倚琴堂

舟泊蟠龍洲 梧州

蟠龍洲畔泊輕舟浩月澄江一色秋今夜始知鄉國近梧山歷歷水西頭

甘澍

澍字霖蒼號榕溪崇善人乾隆二十五年舉人辛巳

登中正榜歷官內閣中書寧國府同知

九月十六日查梅舫觀察招同嶽麓山長羅慎齋沅州太守元立庭看花分賦

四人三百有七歲官閣聯襟看秋花慎齋年八十六立庭八十二梅舫七十一余六十八靈麓山人嬰鑠甚胸中疑吞日月華精研六籍窮幽渺辨說欲屈注疏家沅州太守名久擅高年重赴鹿鳴宴樂聖獨能呼巨觥劇談娓娓神不倦觀察才名山斗高千軍筆掃酣雄豪經綸滿腹如少壯餘閒韻事還招邀我今放浪江湖邊醍醐曾厠千叟筵笑指星霜又八易攤書示

夜猶忘眠山花爛漫紅滿前及時行樂眞神仙諸公定入香山社莫遣屏風着老顛

冬日京寓移居口占

卜宅來何處幽棲得數楹地偏知客少俸薄喜租輕曉鵲依簷噪鄰雞上屋鳴晴窗手一冊補讀到殘更

仲冬薄暮舟泊鰲峰同謝明經元音掃石小酌

峻塔江心聳停橈石麓邊星明無月夜蛩語薄寒天漁火前灘集山燈古寺然啣杯同笑傲待曉躡層巔

王嗣曾

嗣曾字志堂一字鶴崖馬平人乾隆二十五年舉人

有鶴崖詩稿

留鬚

中歲甫留鬚豪氣從兹始旬日漸可捫私心良獨喜入室問荆妻妍媸得何似妻顧兩兒言汝謂汝爺美大女厨下來頂髮初垂耳聰明過所生鍾愛乃無比兩弟憶前言相攜問阿姊姊云無鬚强有鬚爺老矣此語良過情憂來不能已攬鏡重徘徊清淚落如水

題松下立鶴引吭圖

抄

菖荒徑古形跡稀長松蔭鶴鶴不飛千年一來話今古此意茫茫人不知日升月沈終復始中間歲寒知幾許玉笙吹歇碧雲空緱氏山頭逗秋雨梅花三百覆茅屋中有高人美如玉琴聲冷落西湖濱房櫳倒掛蒼山麓千百年來雲路難欲向何人振羽翰天風不吹日停午引吭問松松不言

過張鶴樓先生故居 鶴樓名翀謚文簡明史有傳 馬平人

曾是兵戎地何年御史居玉屏春對酒銀燭夜修書花草橫今古雲旗下太虛徘徊不可見臨去復躊躇

抄

柳侯書院

亭池環古廟世道賴薰陶絃管懷前哲人文蔚　聖朝花香春課靜燈影夜窗遙幾度羅池月精魂不可招

冬夜孫禹濤過宿齋中偶占

故舊半寥闊新歡未可知君看相對影中有百年期霜月無多白林風不定吹人生易遲暮努力答清時

江館中秋後連夜月色甚佳約禹濤泛舟

烟水蒼茫外無人夜只眠天寒客夢裏秋老月華邊逸事能吹笛新詞待采蓮不須謀斗酒溪畔有漁船

過三教寺偶感

佛地尋因果興亡問牧夫碑荒秋雨蝕人靜夕陽孤雲閣棲山鬼經堂臥野狐不堪偷一笑禪偈本虛無

秋夜坐月

獨坐倚高樹凉風吹暮蟬山多秋氣早天靜月華圓落葉繫衣帶荒星沒遠烟時光自流轉相對夜如年

己卯閱登科錄寄諸友

莫更嗟時命浮沈自有眞不才空復我長繼竟何人天豈遺賢達文能鑄鬼神無爲負聞譽趹壈向風塵

雨後夢覺觀月

寂寥庭院夢初驚千里情懷對短檠山館夜寒更漏遠野田春去亂蛙鳴一身作客無兄弟數口終年仗友生遙憶故園殘酒後此時月到小窗明

鶴

雪洞瑤枝第幾山仙風吹夢到人間江河滿地長天闊城郭清秋落照閒貧甚獨留三逕月病來不下白雲關莫言踪跡無尋處百尺高巢耐往還

送友人入山寄孫禹濤

禾黍西風歲又登亂山深處樹層層黃茅覆屋三秋雨短竹編籬半夜燈比戶缶香新釀酒隔溪人補舊魚罾因君記得林泉約欲就樵漁尚未能

早夏坐月有懷

四壁歌聲曲未終藥王前殿月玲瓏清餘片石涵孤影寒盡春羅怯曉風豈有知音供泣璞真成形跡類飛蓬鷓鴣堆上無人夜幾樹烟痕寂寞中

庚辰聞秋闈捷赴省經闈馬嶺作

猿鳥聲中道路遙危行終日靠山腰幾年病肺逢秋雨百

丈鶯魂過板橋石畔蘭苕凝露溼春前榆柳向人彫月明
江上一迴首瑟瑟西風夜寂寥

暮春陽和館中

疎欄一帶接蒼苔寂寞書幃晚不開門外長杉三五樹月
明時有夜潮來

李舒景

舒景字　上林人乾隆間歲貢生官荔浦縣訓導

中秋夜對月

萬籟寂無聲長空月色明一奩開玉鏡四面滿山城長夜

弄清影故鄉樂遠情幽懷何處訴樽酒且頻傾

除夕立春

正擬椒花頌偏逢斗轉寅閭閻爭餽歲官吏共迎春臘盡年光暮陽回氣候新芳樽傾栢酒聊與賞良辰

梅花

不待春風淡蕩迎窗前偃蹇幾枝橫冰肌玉骨誰能賦娬媚詞華宋廣平

周龍熾

龍熾字壽山臨桂人乾隆間監生

次兒壇北上

人生重大節厥惟忠與孝窮達雖各殊所貴識其要憶汝去年秋自北歸嶺嶠堂上拜雙親斑采勸舞蹈兄弟喜汝歸塤篪賡同調忽忽歲一周光陰駛流躍徘徊不忍離謂我亦已耄願承膝下歡依依親色笑老夫爲兒言前哲有遺教移孝以作忠事業凛廊廟丈夫誓許國何忍林泉樂無爲老夫謀致身挺節操往哉慎勉旃作詩爲汝告

元日書示諸兒因以自警

元日天下第一日當說天下第一事不願讀盡羲皇以來

未有之奇書但願識得忠孝字倫常我愧百未能慨然猶思繼其志志其大者與遠者言之匪艱行不易我與千古聖賢遙遙相望宇宙間此理此心無或異君不見趙清獻公事事焚香可告天勿萌一念干神忌又不見范文正公讀書斷虀蕭寺中浩乎天地萬物爲一致汝勉旃無輕棄無自足無中止泰山喬岳兮以立身霽月光風兮爲胸次爲之在我當如是百年三萬六千從此始

周龍舒

龍舒字紫海臨桂人乾隆間布衣

按韻重押

抄　抄

秋日和曹正子把杯對酒之作

蕭蕭木葉下天際白雲秋孤館宜傾酒閒情獨聽鳩飄零
青劍老搖落筆花愁那畏終朝雨相看托勝流

劉承偉

承偉字懋略臨桂人乾隆間布衣

偕羅太和七星巖避暑小飲

策杖雲封處涼生六月秋儘斟螺琖醉不覺火珠流荒綠
空仙榻寒泉滴石樓煩襟應共滌舒嘯碧虛樓

秋日遊劉仙崖

秋山空俗慮拾級尋微巔欲訪仙靈蹟閒尋塵外緣江村孤嶼合樓閣五雲邊最羨留棲客餐霞抱石眠

送胡文庵秀才歸里

烟水蒼茫裏瀟帆去不留山川歸客路風雨故人舟聚首三更夢離懷九月秋明朝楓荻岸杯酒訴新愁

三管英靈集卷十八

福州梁章鉅輯

歐陽金

金字伯庚一字柏畊馬平人乾隆二十六年進士官山東登州府知府著有柏畊詩鈔

六盤山

高山鬱崔嵬盤亘疑無路蜿蜒循前行一線中可度豁開崖口摩空矗雲霧蟠結青螺形屈曲無定處行行及深窈忽忽迷來去上有積雪巖終古成寒沍下有不測淵悲

風發吼怒聒此嶮巇側履之心魂懼君子慎所趨失足宜
深慮

雨餘漫興

白雲卷空來飛雨滿林注雨意與雲濃雲收雨亦佳列障
出遙青澄鮮湛庭樹虛齋靜無人悠然愜情愫攬衣坐盤
石倚杖隨幽屨宿疢經年劇多爲藥所悞不如捐藥餌聊
得養生趣即物會所欣妙緒時一悟脈脈了無言松際月
華吐

送仲相二弟南旋

憶昔丙子冬送子龍江渡遠別一經年紫塞重相晤破涕更爲歡壎篪怡朝暮聽雨復何時子行我又住驅車送子行離情紛無數人生本如寄相見能幾度不如麋與鹿反得常相顧不如輪與衡相逐同來去秦粵萬餘里關山蹇趨步餞宜加餐飯寒宜添襦袴獨行悲路難努力自調護行行從此辭僕夫難久駐握手欲丁寧幽咽不能語

金天寺聽鐵道人彈琴

花院晝沉沉悄然鳴素琴正聲傳自昔古調到於今寒雨瀉平楚清風交遠林撫弦曲未罷松散一庭陰

楚江雜咏

向晚廉纖雨扁舟趁好風峭帆分上下人語各西東雲樹連村黑漁燈隔岸紅客情無處說都付與郫筒

早發荆門道推篷問舊蹤河分千澗水霜老半山松鷗鷺隨人慣漁舟觸處逢五年羈旅客久矣宦情慵

十月長湖小清漣瀉碧渠雲開微雨後月上晚晴初曲港迷村路危橋接水居漁歌何處起塵慮一時除

蒲帆剛十幅向晚仗風驅茅屋臨江水炊煙起夜廚鴈歸雲夢澤楓冷洞庭湖長嘯從茲去青山不負吾

愛聽離岸櫓曲折渡津涯山郭千林合蓬牕列岫排鷺閙
如有約人靜欲忘懷何日桃源畔臨江結小齋
忽驚塵夢破湖海著閑身跡去市朝遠興來魚鳥親荒江
不斷雨野渡幾歸人何處炊煙起漁舟煑細鱗
不謂寒江雨瀟瀟入夜分岸低天拍水巖樹連雲帶火
因漁艇依蘆筧鴈羣燈花莫太喜客緒正紛紛
積雨無晴日居人晝掩門破烟飛凍鳥吹浪上江豚客意
瀟湘路鄉愁橘柚村隔船誰笑語燈火起黃昏
江漢路迢迢霜天氣寂寥荆門初過鴈楚塞晚盤鵰宋玉

歌空在靈均恨未銷只今嗚咽水日日響寒潮
弭楫三閭廟行吟散鬱陶蛾眉人共妬詹尹策徒勞今古
思公子文章說楚騷江蘺何處採悵望首頻搔
瑟撫瀟湘曲音傳白雪歌古人誰可作嗣響竟如何得食
慙鷄鶩寧情就薜蘿芳洲回首處縹渺幾青螺
青草風吹雪蒼梧竹染霜有歌吟下里無夢到高唐蕭艾
誰能辨椒蘭且自芳倘逢漁父問未許咏滄浪
晴日開頭早食程不駐舟近鄉歸鴈疾當岸晚山稠月冷
偏欺枕霜寒欲逼裘自憐連夜夢無復到瀛洲

孟冬寒氣逼日冷晝沉沉山色變朝暮江流無古今淚痕堆積雪帆影散浮陰欲鼓湘靈瑟飛鴻送遠音

閑居雜咏

息影尋幽地茅堂搆數間藤陰留鳥跡花徑露苔斑客少塵心靜詩成午夜還小闌回首望池畔浴雙鷗

且息紅塵累柴門竟日扃池添半溪綠山吐一峯青種菜依花塢編籬護草亭晚來新雨歇蟬韻隔窗聽

遮莫籬根下新篁任意栽牕虛延翠色階靜減氛埃摘果驚猿去移花引蝶來山居幽事足卽此是蓬萊

斗室能消暑棲遲減病顏一溪煙化雨隔岸日銜山林密禽歸早亭空犬睡閒清心因靜境何必問禪關

梅二首

一年芳信不嫌遲又引春風到故枝隔岸斜陽相見處半籬疎影正開時西湖舊夢應同我南國新愁欲訴誰幾度巡簷難得句暗香浮動最堪思

天許孤高與俗違金尊檀板事俱非烟橫野店月初上雪壓村橋人未歸流水一溪時近遠斷崖千尺半依稀相逢未肯輕相贈恐惹緇塵染素衣

鶴四首

一種清癯野性全，寒汀寂立迴翩翩。松風吹過驚秋冷，澗水聽殘顧影憐。懶甚不尋滄海夢，病餘閑對白雲眠。誰教骨格長如此，卻笑人間浪學仙。

翛然飲食自昂藏，不待乘軒興更長。雅態肯同雞鶩侶，高情誰共水雲鄉。崑崙珠樹閑來去，瑤圃芝田足稻粱。獨有主人恩倘在（項斯鶴詩主人恩在亦應歸），天居崇絕最難忘。

不向三山更買山，一聲便欲過烟鬟。託身合在青霄穩，放志無如碧海閑。閱萬古情空世界，尋千年跡到人寰。應憐

無復林和靖誰與西湖訂往還

遮莫逍遥息世機松林梅塢自依依閑看舊侶摩霄去獨愛清漣對影飛心到靜時殘月曉夢初回處一僧歸十年城郭雖如舊未許逢人問是非

送别吳湘溉

旗亭酌酒送君歸紅葉蕭蕭白鴈飛此别相逢更何處石枰山畔釣魚磯

鷓鴣堆竹枝詞二首 馬平

樹隱殘堆長碧苔峯峯山色向人來一篙新漲水添綠夾

岸野棠花亂開

黃沙漠漠夾谿流人語雞聲聚一邱清晨提甕小姑出折得山花插滿頭

韋作衡

作衡字素居上林人乾隆二十七年舉人

釣翁圖

蒼茫煙水沙棠舟竹竿嫋嫋絲悠悠水深魚肥不上鉤心與鷗鷺相夷猶有時壁上松風起水波不興石齒齒陶然醉臥蘆之碕想見先生將隱矣

抄

黎⿰耳嵒

⿰耳嵒字仁山蒼梧人乾隆二十七年舉人

題漁隱圖贈友

白沙淺水寄閒遊紅蓼堤邊一葉舟棹破寒烟迷古岸釣殘明月下滄洲雨來荷芰陰前歇風便鴛鴦水上浮識得富春臺上事漢家高節在中流

金鷄洞山居洞在灕江東岸大頂嶺之旁離梧城二十里

三間茅屋傍溪前別具蓬萊一洞天啼鳥狎人山徑裏白雲籠樹石橋邊藤蘿入夜篩明月巖岫經秋鎖暮煙自是

太平耕鑿處何須多費買山錢

朱緒

緒字恢先臨桂人昌熯子乾隆間布衣

憶奉母至雷州郡渡海風波之險忽忽四十年矣爰作此詩

昔日奉慈母就養雷州邑海口水雲連欲渡心惻惻一望已驚人風起亂潮汐舵師驚相呼前舟屢覆沒慈母望我哭我望慈母泣但聞海水聲不辨天與日慘然復慘然母子命惟一可憐五斗米遠涉瓊南僻幸得彼蒼佑暗中祈

告畢泠然善也風骨肉生全得痛定還思痛夢中猶戰慄
於今在家居澹泊養寧謐慈母嗟永逝欲見不可得何如
在海舟猶依慈母膝悠悠思母心蒼蒼兮罔極

江雨

夢中千萬里驚醒小舟前秋水弄寒色孤蓬生遠烟榜人
猶殢酒漁火不成眠明日瀟湘路蘆花夾岸邊

暮春歸存耕草堂

落花掃不盡飛傍蓽門飛歸向躬耕處溪山接翠微可憐
春已暮人到草堂稀祇有松成徑惟留鶴守扉

松間調白鶴花下臥青牛日日山翁醉年年水閣秋暮雲
三月老歸棹五湖遊挂席亦云巳除耕奚所求

鐵爐村感懷

寒潭澄晚霽蘿薜下秋陰此地少塵事令人生古心樹憐
平仲綠目送伯勞吟欲買青山穩白雲深更深

題松花寺

初日照空碧松花香滿山路盤青嶂出僧袖白雲還嫩綠
生芳草微紅壯醉顏不知明鏡裏新鬢幾人斑

秋日園居雜詠

不好近城市環溪花木幽挂窗新見月開戶已臨流祇許
親三友何須詠四愁有時讀莊子爲賦逍遙遊
幸有小園在攜鋤與性宜閒情瓜可種心事菊能知舊蔕
乘涼活新苗帶雨移弄花生趣好開好不妨遲
小窗隔疎竹草草祇三間花外疑無水樹尖微有山地涼
蟬欲咽天暝鶴知還亭上勞勞客何人似我閒
種梧高百尺亦許鳥來棲鋤月分花嶼留雲蔭菜畦好書
憑我讀古畫倩僧題別有秋園興誰知阮與嵇
紫豆花牽蔓黃蕉葉漸微棋敲山月落琴操水雲稀舊緣

抄

橫蕪野新涼上葛衣漫將秋樹掃恐浣釣魚磯
興與林泉愜覲朋跡稍疎瀆濛三面水散漫一床書栽樹
寄嬌鳥沽苗出小魚僻居今已久塵市近何如

題湘山寺

欲向湘山老布衣頻年蹤跡與心違且聽上界三禪法好
覓真圖五嶽歸塔影層霄高落落鐘聲空翠遠微微借棲
珠樹緣難得萬里遥天一鶴飛

陳蔓蘭

蔓蘭字安愚號芳谷臨桂人乾隆間諸生

抄

寄陽朔俞震一表兄 二首

花縣名陽朔聞君此地留清輝欣在望尺素可傳郵幕府追前範書齋當舊遊昔年舅氏曾客於此居停敦夙好氣味定相投

問我昭潭客差稱入幕賓清氈同冷宦薄俸勝清貧飄梗離愁慣逢秋客感頻片帆他日過應是倦遊人

冬夜不寐

蕭條旅館似山城夜靜風號天氣清坐撥紅爐流赤土臥聞寒犬吠殘更不須圓枕驚幽夢每爲高堂動遠情誰謂冬來銅漏永柝聲未久忽鷄鳴

不用焚符驅睡魔獨眠自足養天和冰霜閱歷途中慣心性清明枕上多細數更籌添鼎火閑調鼻息學盤陀披衣乍起無塵事凍筆題詩手屢呵

秋興八首用杜詠

颯颯西風滿樹林不堪景物漸蕭森數行鴻雁征人思一院梧桐夜氣陰糊口久虛三徑計讀書空負十年心秋來盡是淒涼調愁絕鄰家搗月砧

滿林葉落竹枝斜憔悴西風感物華愧我依然飄短褐對人徒聽說仙槎空庭獨坐三更月孤館愁聞午夜笳寂寂

自支寒漏永娉婷羞對紫薇花
栖遲旅館惜餘暉坐對寒房燭影微投筆未能甘自伏棄
繻何處羨翚飛人逢白眼窮途恨淚溼青衫壯志違迴憶
故鄉風景好鱸魚正美蟹初肥
無憑世事看彈棊豈獨逢秋宋玉悲可惜蹉跎英妙日不
能酬對太平時傳巖前席遭非偶渭水投竿事覺遲惆悵
素心何日了五陵烟雨繫遐思
書窗却好對青山雨洗秋容一望閒困我寒氊輸冷寺唉
人春蕨勝禪關愁來不改詩中癖醉後聊開客裏顏羨煞

長安年少客翩翩裘馬簇新班是年奉例大挑
蟲聲唧唧滿齋頭節序闌珊是暮秋感到椿庭餘舊恨家嚴見背三年餘矣淚傾萱戺起新愁生涯堪比杯中蟻淚跡還同水上鷗聞道韓公聲譽盛教人何處識荊州
微軀何計奏膚功自問無聊一笑中往事寒暄同逝水拏情向背聽飄風草茅瘦骨心餘赤今古浮名淚盡紅悔殺當年事佔畢不如隨地作漁翁
好山閑步路透逦葉滿平波水滿陂紅愛霜晴楓樹葉香知風送桂花枝纔看灼灼炎威盛又悼凄凄肅景移歲月

如梭人漸老幾時大業看雲垂

春草

陌頭冉冉任風吹弱質從來不自持綠滿江皐遊子淚翠
圍芳甸美人眉西堂夢覺吟詩處南浦春深送別時盼斷
王孫音信杳茸茸和露浥新姿

和龍晴川孝廉韵

每思仙穴覓靈砂益壽庭闈擬廖家此日返魂求不得傷
心流水送年華

睡起

盡日垂簾半曲肱爐香茶具作良朋落花春去無消息寂寂閟如退院僧

閔三江

三江字逢原一字南川臨桂人乾隆初諸生

雨霽池樓晚眺

小樓新雨後石溜尙潺潺一片水中月千重雲外山鷺渡魚自樂修羽鳥何閑餘潤含林木蒼烟暮靄間

畣內弟許檢討霖寄懷

老去投閒無箇事饑餐困睡總相宜雲山供養身猶健詩

酒徵遊興不疲柳浪搖風晴把釣松花落石晝敲棋此情
可樂君休憶海上蒼生正繫思

客至命釣久而不獲戲作

濠上觀魚樂與同爲君偶一理竿筒修鱗出沒不貪餌原
在廉泉讓水中

潘成章

成章字屏山思恩人乾隆間歲貢生官柳州訓導有
翰墨樓經解詩文集

聞鴈

抄

新霜下井梧凉月芬庭桂晚風何凄冷鴈影過堦砌嘹嚦數聲高滿耳添愁意悠悠湖海心茫茫水雲際南北苦飛馳饑驅如客寄甯知羅網多苦作稻粱計

登九峯山覽勝 左州見省志

碧宇倚長空九峯同岞崿凨有探幽人豪吟舞猿鶴余愧非詩癖且莫識開鑿一任蒼翠烟千秋鎖巖壑

咏古桐

古桐百尺長猶堪作棟樑未獲大匠選隻影空徬徨但不受人憐孤挺何足傷安比衆卉質朽腐委風霜

抄

幽意

天碧秋氣高抱沖託幽沉此中有逋客閟寫山水音竹徑多昔跡空餘落葉深惟聞翠羽呌時看雲滿林總几頹灕灑觴咏愜同心斜風吹古樹遲日下遙岑

下烏蠻灘

㓜不履戶外跬步成踧踖山經及水志茫昧少閱歷輕帆指横州分風送盡鷁伏波祠下峯驚湍日撞擊激箭滚濤瀾削鐵森崖壁扼吭不得奮穿脇欻相轢盤渦蹙迴飈獰龍此窟宅白晝含陰冥黯淡烟霧積晴雷忽震盪坤軸欲

傾仄夷娥與巨靈狻猾封泥劃一綫通吸㖸颭㰕爭寸尺葉舟恣掀舞巧避投其隙柁尾一以捩翻如鳥縱翮建瓴渺東逝風雲爲變色出坎似夢覺豁然天吝碧淸澈鬣魚鱗波平穩於席側耳聽潺湲振衣理巾幘竹樹聲蕭騷欸鳥鳴磔磔淒冷野意曠沙鷗何閑適數醻武緣醞聊用攝心魄擁被卧篷窻巖缺涼月射

曉別

荒鷄啼不休曉鼓聲將絶海角天涯路與君從此別柔腸似車輪輾轉幾曾歇誰鑒此時情窗外橫斜月

寒食

我有他鄉墳新塋宛隔嶺攜孫重行行至矣奠寒粥悲淚洒西風人哭鬼亦哭人哭淚已乾鬼哭聲往復嗟我雙孫魂無爲傷就木滄桑倘爾爾況兹脆骨肉移時閴無聲荒林下妖鵩狐狸迎人嘯欺我官窮魆震襟四顧立飛竄驚碌碌夕陽淡遠蕪寒烟滿平麓喚孫歸去來紆步屢回目

擬古

餓鳳不啄粟甯覓桐實餐神龍能致雨騰海不興瀾窮達有真操豈似沐猴冠千金買龍梟飭以雍瑱斑白金貿上

抄

駟珠玉鮮雕輚揚策自顧盼欣幸趨長安意態非不雄轉瞬邱草寒安知張子房氣度殊彭韓進爲不世英退亦幽谷蘭功成歸泉石俯仰天地寬溪雲掩柴扉山花靜竹欄時持白玉杖駕我紫靑鸞飲我流霞杯駐我崑崙端旂旆時相訪惆悵隔雲巒

登黃道山 武緣

出郭十數里鳴鞭馬蹄速羃歷杏花繁迤邐村間衆綠不知路幾紆豁然見林麓薄袂揚天風筍輿穿樹腹直可凌飛鳥翮翼相奔逐巑岏怪石紛當境一松禿幽寂寄遐想晴

空縱高目俯瞰城南山煙中峯矗矗時聞清磬音餘響出深谷願結烟霞侶前歲成小築烏帽與櫻鞋飽此看山欲徘徊未忍歸理策僕夫促長嘯望春岑殘霞半腰束

齋居書懷

涼生夕澄霽秋色半離披遙青數峯露飛鴻遠音吹脫帽日高咏寂寞忘身疲雜卉被石徑芙蓉始發枝塵墟不相及几榻隨所施意愜可獨往幽憂徒爾爲古人雖未覩流風猶可追枯桐挂齋壁賞音之心知

物候變昏旦露濃楓葉懸落暉相掩映空水餘澄鮮修竹

媚幽獨遊屐俯淪漣雲影淡西馳杖履曠周旋池上積蘚厚鳥聲復清妍孤蹤幸可託開卷南華篇河魚肥堪鈎漉酒獨陶然聊以娛晚景對月弄潺湲

偶成

修竹照衣綠池沼相因依鳥聲悅晨景雲光動夕霏永懷柴桑翁墅白能知機寥寥千載後惆悵斯人稀

雨聲向晚歇老樹含餘清蒼蒼石氣冷點點苔紋生樽空

湖上吟

不能寐悵然此時情翰墨留古香撫几迴書架

秋風蓮子何蒼涼蒹葭蘋蓼亭中央輕烟如織聽銅斗水
上漠漠雙鴛鴦青山歷落人卷畫烏蓬宛轉銜斜陽古人
已去不復見酒徒歌扇空茫茫

擬古行

君不見黑雲罩空天地裂六國君臣如灰滅沙邱慘淡祖
龍死王氣已向芒碭結又不見老瞞跌蕩馳射鹿睚眦拏
雄漳水曲朝摧堅陣夜飲酒勢若崩瓦漢運遷吁嗟城郭
爲墟祿未終等閒一炬咸陽宮西陵帳伎落日下銅臺荒
草鳴秋風生雖異時意則同秦皇魏武真英雄

XD2379
:8

三管英靈集卷十九

福州梁章鉅輯

劉映棻

映棻字午亭臨桂人乾隆二十八年進士官河南開封通判有午亭詩集

憎鼠

行廚無餘粟計日資近肆人嫌酒肉臭三韭不能備長官禱休文乾胏共車穟不憂陶令饑欲倣孝先睡鳥雀笑我頑依人作嫵媚蛙黽無所求兩部勤鼓吹巳處六鑿攘豈

虞五閭智負義田頭鼠奉頸張耳至高厚若[illegible]容堂廡時引避驟逐已銜颸欲投先忌器阿獠喚狸奴鳴躍輒解意虎覗徒眈眈輕儇失交管似不擒二毛傺已釋三帥全軀幸苟免落膽應知悖胡為夜始厭怪彼行復至多言亦可畏見慣渾不異挂壁綠綺琴故絃未經易鏗然時一鳴疑是鞠逼跋綦頭臚列書縱橫失篋笥初驚葉打窗久聽雞鼓翅注意在餱糧狡獪偏傍暨似彼抵隙將故以疑兵試又若網利徒欲取姑且置惡同胠篋益發匱無畏忌鄙甚奪食人同儕忽詬誶以彼飲河腹未難少餉遺況乃蒙莊

叟曾見鴟搶地不懼腐者嚇何妨生者戲所惡機變多幽
暗乃得志自詭攫物工遑恤假牀恚我有駿穩騎騖劣已
青字馴鶴自飲啄久未予餔糒何物劇么麼銜尾以其類
一飽在狐疑四缺多狠戾高義感雲天銜戢為此輩殺得
餘夫人腸胃怨破碎煩鬪漢張湯斷獄有成事掘穴露蓋
藏具肉窮委積須臾磔堂下以為貪惏示嗟理亦宜然豈
曰渠酷吏因思天地間萬物有生植草木至無知猶屬兩
露被血氣矧含生能弗思藉庇毋為穿墉鼠莫作舞門祟
區區口腹饞於人且內媿管諸不才子饕餮從屏棄撫枕

趁新凉曠懷平內與物我兩相忘齧嚼應不忝好硯擾擾
區道宜清静治為笑東昏侯達旦常不寐

客有談晉省石花魚之美者有感而作

胥吏無成事飽食愁兩飧固宜餐杞菊那敢厭鮮蕃結習
未能忘桑落酣清樽土物所不免民膏底並論籠鈎且貫
柳致自濱河村蹕彼公堂上且喜民俗敦看來一劍臥仍
帶印封痕七載飯常粟一餐匕已靡況乃剪毛羊足勝南
北轅庖人雖不治或炙更或燔林麓入斧斤伐伐繫鹿奔
遠為慈母壽敬以謝平反豈料三年駛忽為萬里竄日月

抄

眞逾邁涕洟迴未胥豈無魴共鯉莫逮雞與豚諸君且休
矣悲聲暗自呑

遊隱山

好山似名士矜愼杜交游高風只自賞雜沓豈能侔又似
靜女姝誰能漫相攸鬟髮長眉黛背爲悦已修隱山西城
麓中藏六洞幽忽逢石湖老明珠非暗投正比栁司馬西
山露鋆邱迄今鮮問訊多來樵牧儔我每攜同人篤言寫
我憂我憂在何所城市多酢酬

題孫苕畐畫

孫子生住苕溪上水晶宮景難爲狀此身本是畫中人特借憑依寫色相冰紈靜對慘經營斑管酣落舒豪放眼看物候氣蕭森手回造化春駘蕩奇峰矗起皴有稜寄葉交加青無恙側身天地一虛舟把臂林泉千疊嶂我亦宜人入桂林環城鴈蕩共登臨石徑委蛇碧樹古山村指顧白雲深一自并州走冠蓋十年故國疎哦吟今見此圖憶往昔恍然勝迹仍攀尋粉壁掛來雲黯靄平湖想亦同清陰且復臥游論萬里江關莫遽生歸心

明刑部郎中楊公故里 公名世芳邑之北相鎮人刑部郎中諫大禮廷杖戍邊死

凡作註須明晰所謂邑
芳何邑

詩內云公之里閈我亦程或河南祥符人歟待考

隆慶初贈太常寺少卿

有明御宇更八世國統中衰正德歲禽色荒亡暗前星兄終弟及援祖制安陸世子從南來臣民未乾鼎湖淚儵忽御札下公卿八坐共參大禮議首輔楊公論堂堂秩宗毛伯玼泄泄仰遵涑水無偏頗博採師丹引比例胡爲異說起永嘉讜言竟同土委地藩臣建號隆尊親新鬼大於故鬼祭朝中且附張少師地下誰知敬皇帝先生職守非言官心所不安起舊秩抗疏豈忘批逆鱗守正何心求附驥廷杖切近剝肌膚戍邊風霜旅況領忠臣斥逐國體傷一

鈔

緺盡矣堪垂涕人往風微曷屑存公之里閈我所稔憶昔驟進多經生嶺南獻夫江右桂偏爲選愞發其閒拔擢且叨卿亞厠曲學阿世更逢君讀聖賢書作何事寧拌一死輕鴻毛忍令千秋穢冤毳君不見承陵松栢今丸丸過者何嘗戀顧睇萬里孤臣寫韻樓地老天長有歔欷

劉仙崖　臨桂

蓬萊宮闕三萬里安期羨門訪仙子坐令徐福三千人淊淊東逝隨流水灘江南畔石盤陀參差棟宇山之阿不屑爬沙疑趻踔且容坐蘚淹婆娑延緣直到翠微上老樹交

柯排衙仗一流芳訝玦環鳴諸峰忽作兒孫向中有一人蟬蛻遺古洞橫陳怪石欹已覺形骸同麋鹿可能談笑驅熊羆傳聞當年此拔宅頓爾舉身入虛碧恐是文成食馬肝未必葉令飛鳧爲世人後口誇神仙歸卽應歸兜率天嵩山徒聞鄭仁表蜀地誰逢謝自然況復仙人足官府上界仍然問所主縱令追陪鞭鳳鸞已怪肌膚生毛羽何似拄杖便看山披襟跣足蘆菰閒殘暑已隨團扇去朗月猶待扁舟還

龍隱巖黨人碑

一匙社飯諸公退官家別有皋伊輩明年此日思老身已
作投荒禦魑魅可憐十載治功成竟令一朝慈恩晦元祐
改紀紹聖年小人彙征君子棄老姦擅國何譸張丞相銜
棺且擬議章惇已死蔡京來敢不盡死頭頓地老成已悲
半在亡尚恐人事有易代死灰欲溺不再然盛德自今那
復愛端禮門前聞登登大書特書列名字被役敢辭媿石
工先臣何罪羞常侍朝端不聞求舊人天上欻見俞新彗
星宿有靈下掃將宰執無顏內自恚碑可毀名不可滅姦
回直欲欺帝載豈知名姓落人間九州已入人脾肺漁陽

陸秀夫鹽城人
所稱邑志想即鹽城
縣志也

鼕鼓捲地來艮嶽榱題炎火昇悔不可追前作過中外始
同劘贔屓吾州遠居萬里遥獨掛巖阿閃旍幟龍蛻猶存
鱗甲痕鐫巖春上無磕磴文馬久仰列星懸珪惇難爲白
壁額潭州先盡太師青桂管猶覩崇寧穢虞舜唐堯古所
難友中堯舜眞無愧

陸丞相家廟行

按邑志丞相從宋太帝南遷置妾楓亭生一子今鄉人
陸姓卽其後裔祀先以丞相爲始祖立有宗祠他日至
楓亭嘗瞻仰廟貌今作詩以紀其事

崖山去宋祚危丞相死得所歸海上扈從日轉徙廿流離
枕戈每待旦一身不自持豈有軍書旁午際情長攜此孀
婷姿當時後宮皆大去臣家舉室相追隨倉皇中道輜重
棄弱質萬里能因依殆亦天欲留忠後楓亭一脉延孤兒
史局操觚者細故或逸遺朱元遞嬗交此地多宿耆著書
無緣上册府記載猶得昭來兹誰似褚裒補史記見聞不
至疑傳疑迄今修歲祀尚有陳明禋魂兮歸來止仿佛挾
兩旗春秋享此魚菽祭列星天上猶騎箕

錢王祠表忠碑

聖湖唐宋鮮石碣惟留長公數片石堂皇宛見大庚橫昭
煥不妨威靈擅古物無如石鼓文次者更數光和迹深嚴
太學不易窺陬隅下邑少所適惟公此碑版十餘閱世已
更歲八百人言肉似徐浩肥我謂神接魯公脈拓開水面
三十里延以葑堤億萬尺救荒療疫政有成轉漕避潮惜
見格應似羊公墮淚碑聊寄錢王功臣宅憶昔有唐鄴侯
李更來刺史香山白鑿井居人飲水甘灌田有時枯禾澤
祠祭至今廟荒涼樹木豈爲人愛惜臣願中國無兵戈虐
用其民有簡籍俎豆霜露延馨香祠堂楹桷燦金碧諫議

大夫頓首言端明學士宏文錫宋於錢氏乎恩私錢氏於公實資藉先生倘不再來杭道士何能蕆此役大去雖復如紀侯勿剪何曾殊召伯納土允宜十世宥表忠總在一疏力五百年後一偉人順天者存更懸額

講堂後院看梅在仙遊金石書院

獨樹先春色清香繞屋聞此方不見雪何意竟逢君雅與幽人伴休爲長者分堂廊無說法底事落紛紛

舟中度歲元日辛酉

地接蒼梧野春歸弱篠船畫雞先甲日走犢憶丁年村酒

抄

堪成醉江魚可擊鮮謳呼舟子飲坐聽亦欣然

仲秋郊行

蕭瑟凉風起行人憶絮袍馬蹄衰草淺鴈背亂雲高米碓當村急鹽車傍道勞河東雄列郡撫字在吾曹

好雨看新霽西郊景可娛夕陽欹遠岫晚靄暈平蕪努力松陰飯陶情柿子酤蒲鞭傳舊德未敢急追呼

日夕過江東村

籬舍參差出溪流劃小江斷橋喧急瀨欹石傍危矼樹繞朱旗簇山迎畫戟雙衡門洵可樂誰是漢陰龐

雲物渾難辨依稀北斗横吟蛩寒露急歸鳥晚風輕卜宅思安道看山憶子平人踪墟市罷偶語隔林聲

韓忠定公故里

孝廟山陵日朝端有是非負圖仍舊紫執法賜新緋暗灑袁安涕將牽魏帝衣瘈尨無不噬竟失轉環機

閱明史光熹朝事五首

儲後諒闇日人心冀太平謀夫方築室哲婦竟傾城（光宗諒闇鄭妃進美女八人帝因之致疾）父蠱何嘗幹童蒙尚未亨號弓期月事未命自昭明（光宗屬太子于諸臣曰卿等輔佐爲堯舜）

世子不嘗藥大書止弒君由來天弗其乃爾玉巵焚鄒元標孫慎行俱以論紅丸罷鞶帶垂綸錫方從哲傳遺詔賞李可灼銀幣後又擢光祿寺卿旄麾牛壁分以崔文升監漕運鼎湖無限恨奉御且酬勤青雲爭附驥風節激官奴汪文言本縣衙給役亦附東林未見清流起反脣白馬誅人多憐孟博地之避申屠最慘追贓獄淫刑甚剝膚燎原方熇熇王月又書春小寢神姦秘熹宗大漸宮中傳呼崔尚書聲甚急大行詔語惇熹宗彌留屬信王任用魏忠賢九千幾萬歲一死並三人逆案以崔魏客氏爲首祇恨全腰領誅夷未及身

遊寨誰參訂吞舟有具官鳴張緩首幸蟻附華心難大體
無全戮死灰未必寒他年阮圓海江左又彈冠

狄梁公故里

啄失愁鸕鶿蛾眉拜冕旒自同昌邑廢誰教子家謀桃李
栽門徑蔆苕貯籠篝騎箕人去遠大計憶安劉

蔡忠愍公祠

飲馬蒲津渡潢池劇弄兵前軍猿鶴化右輔虎狼橫裨將
真南八鄰封假進明崇祠樽俎在悽愴魯諸生祠與晉陽書院同門

臥龍岡二首

羣策經綸會潛龍獨臥秋不爲刀筆吏應笑躬鈎四畎畝
全身固哦吟抱膝優未逢王室胄季世有巢由
擇木慙林鳥霸才朝暮臣大賢爭一出太息尚千春地入
黃初版廬移黑水濱桑田株八百曾是布衣人

閱三國志有感旅人作四首

遼海頻爲客白襦歸布裙人皆謳舜禹我獨笑攸羣羞見
神龍首甘潛霧豹文陋哉承祚史魏志竟汙君管幼安
偶步漳河水來爲鄴下游孔璋弦上矢别駕獄中囚痛飲
稱佳客全身出冀州冥冥鴻鵠舉熸繳豈能收鄭康成

奕世名家子來依俊及倫未堪爲贅壻寧肯作羈臣回首灞陵岸傷心漢水濱自歸丞相府不念下泉人 王仲宣

參事孔文舉曹公漫寓書大名千古忌亂世一身疎詎有孫驃騎而非吳闔閭吹簫逃楚客當戶未蘭鋤 盛孝章

餘姚二首

恭顯持權日伏蒲叩九閽未成誅執法已見掃巢痕再出君非舊盈廷衆正喧老臣從此逝夢繞秦陵園

一戰寧吳楚成功仗水犀將軍嗤灞上夫子失關西止棘蠅難玷緣蘼馬不嘶悠悠流俗論底異甕天雞

韓信墓

傑閣隆樓尺五雲離離宿草故侯墳一坏眼見愚民盜三輔心悲原廟焚豈有牝雞戕國士總由功狗目元勳他年曾讀龍門傳曲賜收骸絕不聞

房公井 公諱之屏大興舉人爲邑令崇禎末自成圍急悉驅妻子入井城陷公亦投井死

表裏山河草木橫黃巾掠地少堅城望風儘學檀公策守土多從鄭伯迎殘婦宗周留恤隕孤臣家室賦偕行數椽縣井爲封樹不必遺民淚亦傾

詠明史十首之四

日行三十護儲胥孤注邀功計太疎堅壁不聞軍細柳漏師又見紀多魚累朝宿將還尸衄土木之敗張輔陣没一介髡尼叩馬虛英宗北征皇姑寺女僧力諫復辟長安凝碧血却將廟貌祀狂且哭門極諫撼山邱竟致忠賢一網收北闕引身緣懟甚南人作相喜機投張桂方皆南人新進翩翩滇僰佳公子惴惴籠簽舊徽侯壽寧侯張鶴齡下獄太后屢請不原莫向太原論定讞可憐須唱白符鳩李福達之獄原問御史馬順等皆得罪葛嶺風光狎客樽緇衣堂下泣幽魂鈴山畫粥忘前事分宜夫人歐陽有云君不記鈴山堂十年淸寂時耶御苑靑詞媚至尊糜餉兒曹輝北

手之官錢價過西圖容城亦有潼亭鳥未聽生徒訟九閽爭衡國本已焦脣底事遲迴越十春晉祚應歸共世子楚歌偏向戚夫人綸言俞咈防反汗太子既立福王之國尚無行期朝臣屢請皆不見納封奏頻煩實從薪可惜羣僚門戶計有慙黃綺茹芝臣

東山村

翠屏環合近峰尊烟樹迷離暗紫昏終古西陽不到地幾家東壁自成村石疑臥虎橫莎徑牛負歸鴉過蓽門倘遇龐公山下憩尚堪留客足雞豚

福州林秀才友聲訪舊袁州署自延平附舟至光澤

復聒於袁城不得意將歸囑其致意從遊諸子

榕城回首隔風烟話到朋儕意黯然敢以道東繩鄭子還思堂後燕彭宣君歸休厭人爭席我去無妨客割氈舊識相逢煩寄語別來無恙水雲天

書懷

絲竹何曾遇好音高山流水勝鳴琴書因嬾讀從人借酒到忘形各自斟拜石不緣三品貴種松且待十年陰遲留未赴通官約張正夫邱香谷皆有約應爲羅黎戀桂林

聞沂州汪古愚刺史修元遺山墓二首

孤臣灑淚大房山萬里秋風返故關遺山詩何時便得攜家去萬里秋風一釣船北極朝廷餘悵望中州文獻共修刪滄桑已閱青城變鄉國猶看阜帽還一自仁狐正卽首更無仍耳拜榛菅

干戈直欲盡生民滄海橫流剩此身先世豈知王氏臘輿朝祇紀義熙春千秋抱恨龍蛇歲三尺埋憂蟣蝨臣遺山詩蟣蝨空悲地下臣竟使荒阡回茂草君今高誼感神人

蟬

高柳疎桐寄渺茫世情應不到枯腸彦和與汝干何事御爲新除集帽梁

遊西湖

月湖反棹又西湖邑壑何庸置老夫傷昕有人來送酒笑他乞得步兵廚

藤梢橋剌不辭勞求訪仙蹤葛嶺高莫問半閒堂舊事湖山汙處是而曹

滄海桑田迹屢移宋家往事劇堪悲錢王祠宇千年在應爲端明幾片碑

桃花過去柳條青十里長隄繞翠屏又說雲林山色好捨舟步到冷泉亭

三管英靈集卷二十

福州梁章鉅輯

李曜庚

曜庚字星白宣化縣人乾隆二十八年進士

遊鼎湖寺

藍輿高擁入雲鄉殿閣參差對夕陽鴈塔倚空高疊疊鼎湖瀉水響琅琅雲橫古樹迷僧徑風散山花滿佛堂老鶴一聲塵夢覺忽驚松月轉迴廊

周位庚

位庚字孟白一字介亭臨桂人乾隆二十八年進士
官山西澤州府知府

春日偕同司諸公遊法源寺和朱澹海韻

叢林隱法源傑搆軼前古窈窕入精舍曲檻迴廊廡片石存唐碑遊人競摩撫閩征高駒麗將軍開幕府崇祠禮國殤椒糈麗典簿長松霜雪摧猶作蛟螭舞星稜數百秋負廓皆烟戶遂為遊覽區甲觀矜快覩莊嚴森法相祥烟靄春煦攜友恣幽尋盤憩日亭午轉憶十年遊噱談尚藥圃悠悠舊時客風月誰為主

偕同司諸公遊陶然亭宋澹海詩成屬余圖之因和
其韻
暇日聯春騎登臨有此亭平林酣嫩綠疊嶂送遙青聽鳥
幽懷愜尋詩醉眼醒陶然寫餘興用以記曾經

朱應榮
應榮字納齋臨桂人乾隆三十年舉人官永定河道
有存真堂稿

過穎考叔墓
驅車過穎橋墓在橋之東停車弔遺跡藹然白雲封當周

抄

陵夷初咄哉鄭莊公交質旋交惡首禍安終窮君臣薄如此母子將毋同何其一杯羹感悟回奸雄十里流瀰瀰千秋樂融融愿我無恃子吟罷生凄風

重遊棲霞寺懷渾融上人

夢魂昨宿招提境爲了前緣再一臨梵宇飛空難立脚老僧闔戶欲安心惟將寶筏隨流待孰與青山說偈深要識如來眞實意拈花微笑且長吟

舟中雪夜

寂歷空江雪打船挑燈獨坐不成眠朝來忽憶歸鄉夢猶

在梅花淺水邊

潘　鏾

鏾字力上號小江桂平人乾隆三十年舉人官西林陽朔平樂教諭有小潘詩集

田居詩和陶徵君

短秧綠到塍柔桑青繞陌睠兹風物美負杖信所適牛羊自知歸始覺日將夕莫辭農事苦農事亦有隙況聞縣官賢今歲省徭役小兒不識字健婦頗能績淸福祇足享於性無增益

弔屈原四首之二

何處弔湘纍歸州有故祠廉貞竟魚腹謠諑騁蛾眉往日
眞堪惜回風更可悲武關行不返貽恨釋張儀
尸諫沉淵後心傷奪草初門人工九辯漁父識三閭極憤
仍抽思無疑且卜居誰憐賈太傅江上獨投書

暮春感懷

三月多風雨重簾自在垂夢隨芳草遠愁許落花知寂寞
一尊酒沉吟雙鬢絲故人書適至索和送春詩

庚嶺用二兒丙崖韻

攀躋層崖不計年望中積翠間飛泉亂雲擁石千盤路澹日穿林一綫天海貢珊瑚今置驛粤疆兵甲舊防邊行人還說張文獻鐵屐寒梅古廟前

秦淮道中

淩江荻浦水連天一棹西風送客船遠近鐘聲煙樹外高低颿影暮湖邊裊花簾捲虹橋直玉樹歌殘月鏡圓桃葉渡頭江令宅棲鴉秋草憶當年

渡黃河用伯兒厚池韻

何來天上壯風濤勢撼崑崙欲動搖帆影落時江樹合雁

行起處水雲高乘槎北去三山近擊楫南來兩浙遥轉瞬黃流已飛渡何須海外訪鰲橋

蘇臺雜句

采香徑畔可中亭醉月笙謌曉不停太息館娃秋草合夕陽空見虎山青

破楚門東落照微亭臺春色已全非依依獨有金絲柳猶帶紅綿罥舞衣

萑畫溪頭脂粉塘西施浴處水凝香五湖一棹烟波遠花鳥春來空斷腸

眞娘墓

香塵斷送碧油車煙鎖山橋悵落花豔魄不歸風月冷寺門踈柳宿啼鴉

廣陵雜句

當年新曲譜揚州玉板金槽到處樓明月二分猶是昔濺濺花港水空流

幾行雁字落平沙一遂危樓江月斜謌舞不來香欲襲湖頭賸有素馨花

瓜蔓山前瓜蔓稀竹西亭畔竹雞飛郤憐紅絮山堂路多

少遊人夜未歸

京口驛

無邊煙樹連京口北望雲橫鐵甕城太息紛紛六朝事祇餘官渡暮濤生

蕉花

小窗眞欲爲蕉迷片片霞拖鳳尾齊何處飛來紅蝙蝠露華濃裏一雙棲

宮怨

丹砂點臂守空房宮草宮花總斷腸曉聽羊車聲漸遠懸

知昨夜幸昭陽
涼風初動水晶簾恨滴銅龍夜夜添聞說君王嚴色戒六
宮枉用竹枝鹽

陳佩

佩字勝萬號筠圃藤縣人乾隆三十年舉人官東蘭
州學正元氏縣知縣有黎山詩稿

田婦行

皎皎出雲月瑩瑩出水珠冉冉田間婦肅肅路中趨衣無
綺羅色顏無脂粉汚言念夫婿耕遠在前山隅山隅線以

抄

曲行間多露濡不辭多露濡同君返庭除君今日已病斗酒長已儲耕夫爲婦言耕織各有需耕事戒鹵莽機杼今何如婦前再致詞君言洵不誣妾織始下機一疋願有餘爲君製寒衣其餘續妾裾君煖妾心安君寒妾心瘉君是江中水妾是水中魚江水有西流江魚不陸居

次吳紫庭使君遊水月閣元韻　藤縣

名藍積翠鬱葱瓏探勝雲林訪遠公高閣遙分千嶂月迴廊斜受半江風何年法界開初地此日禪床借四空政有餘閒秋又好山光潭影入詩中

過維揚

蕪城形勢壓東吳樓閣垂楊入畫圖詩賦烟花題不盡更無人問董江都

東蘭州竹枝詞

東蘭州前九曲河河流曲走覇陵阿覇陵巖洞穿山背石乳結成玉叵羅

會逭山中產首烏年年差遣採山隅不知更向州民看姑已白頭蒙白鬚蠻語謂我為姑爾為蒙

袁玧

琥字可大號鰲浦平南人乾隆三十年舉人由彰化
知縣擢同知

秋日寄戚齋七弟十二韻時客寓涿州

念汝羈棲久同嗟進退難未能超輔右頻夢出邯鄲濁酒
誰相就閒曹我且安括囊何告譽鼓鋏每心酸倚望惟三
老孤惸集百端青燈秋耿耿白露夜漙漙爲祿徒虛願傳
經付浩歎痛猶分炙艾在或廢纓冠渺矣聯鑣計艱哉易
地觀非材羞製錦高調咏猗蘭不耐羊腸轉還驚鴈影寒
心期須一忍九鍊此金丹

楊廷理

廷理字清和又字雙梧馬平人乾隆三十年拔貢生

官臺灣道有西來草東歸草再來草

吳文溥南野堂筆記云今臺灣觀察雙梧楊公當林匪釁起由臺防司馬攝臺灣太守以書生驟莅戎事應變不窮賊既陷彰化破諸羅郡城兵少勢孤公招義民修戍柵備兵械籌軍實旬日之間百廢具舉賊以數十萬衆呼風鼓噪而至公設守禦方畧歷數一月而城不破若有神助云又嘗三瀕於危而獲全其一在大目降率義勇往搜逸賊賊伏蔗林中突出叢刺公幾殆血戰得脫至城下聞賊攻鹽埕大營急即易馬往救氣不稍餒其二在虎尾溪人馬俱溺幸義民赴水救得免其三在水底寮奉大將軍令往受賊降過南路賊甚衆恐為所得將自殺已拔腰刀在手矣賴副將張公某急救而出公有三不死樂府僕為之序

又作七律四首失其稿矣記一聯云匹馬突圍三不死闔城寄命一書生今臺灣底定數年間公晉秩觀察益以鋤强扶弱培復元氣為事其間振興文教噓植人才郡之人士恂恂率教蓋已革其鷙鶩之風而柔以詩書
之氣矣

伊犁三臺

兩月渡沙磧悠悠我馬瘏忽見萬松嶺天開古畫圖策杖躋絕頂回首轉模糊朔風何凜冽彳亍倩人扶登陟踏冰雪雲迷路有無千巖勢盤屈萬壑境各殊瑽琤清淺水掩映青葱株一橋一曲路迤邐神工鬼斧開奧區我生游歷半天下南衡東泰又西華茲山秀傑中土希屹立當為五

岳亞

無馬歌

我生好馬欲成癖總角見之知愛惜先人自昔沐
君恩鞍馬榮遨
帝廷錫先大夫以軍功擢廣西左江總鎮陛見時蒙賜鞍馬玉驂連
錢九九花額高九寸身八尺側聞大宛
貢花驄天馬蒲梢徠以德浮雲晚馳出
尚方一掃凡馬真無敵中年遠宦歷四方攬紫游韁覓頭
亦不惜兼金遠購歸毛骨無殊健供策雲麓將軍為我說

前伊犁將軍奎公林號雲麓欲得良驥必西域我今執戟天西來意謂
追風有良覿豈知神駿久無種鴉鶻啣火牧場滌大宛國即今哈
薩克相傳彼處鴉鶻啣火枝圍燒牧場馬種遂希腰褭物化形影空不見驍騰雪
山白況聞西涼之酒村佳釀葡萄分乳液西土以馬乳作酒謂之奇克釀
之再三謂之阿爾占雄姿猛氣養何人天骨纔張氣先瘠五星吐花
遶舊壁王良房駟懸空格回首天南
賜書宅雨打空階甃餘櫪余老蹇步過北庭官馬谷量騎
不得

紀夢

臘月既望天氣新夜寒月皎淨無塵匡牀夣入園林去昔徑幽深不知處長廊曲檻自延緣層軒高棟如雲連軒前梅放紛無數橫斜疎影清且妍我別羅浮已三紀巡簷索笑心竊喜看花不解問主人縱步吟詩香國裏誰知憂樂本相尋蹶然欲倒春江潯仗有小奚扶我過過險驚斷梅花吟覺來風景如在目彩袖梅芬猶撲撲故山迎歲早梅新何時坐我梅花屋

雪花吟

天山雪花賤如土寒雲纔布天葩吐鷺毛滿地鹽撒空斜

飛曲繞謠織組我初執戟天西來側身絕塞方快覩臥聽蕭騷夜打牕朝看璀璨花成樹敲冰煮鹿供盤飧擲水烹茶清臟腑興來策蹇據吟鞍踏碎瓊瑤勇可賈恨無佳句酹天公辜負瓊絲千萬縷那知今歲復明年冰雪緣深羈旅苦竊比詩人巧耐寒牀頭缾罄臥空甒挑燈强作呵凍書拔劍難爲斫地舞敝裘毛退幾不支寒粟生膚數更鼓西湖處士寄遙思東郭先生難步武今年雨雪動朝昏到處素光開玉圃霏霏漠漠復濛濛繼以明霜晴亦雨我從戍樓得大觀玉沙潑眼堆銀浦有如雲海盪心胸奚啻東

山能小魯天風凜冽不可當薝蔔無處問禪祖門前積玉三尺深誰歎擁篲袁安戶坐見寅冏大地春計日風生變和煦不緣萬里飽風霜豈識瓊樓與玉宇濡毫聊賦雪花吟留待東歸助談麈

秋夜

窮秋扶疾坐涼月滿前楹柳影橫窗靜霜華入眼明機忘眠易穩歲晚客偏驚壯志銷磨盡寒砧動遠情

信步

信步夕陽下詩成字未安心隨鳥語碎興共燭花殘萬里

音塵闊三年戍客單幽懷長惘惘誰與勸加餐

小草 并引

伊犁沙石間叢生小草名曰溼死乾活白莖綠葉狀如吾鄉不死草以線穿懸室中無須雨露風日而青翠環生夏月始花嬌細可玩相傳花色不一惟隨穿線成色殊覺可異詩以志之

小草名殊挪移來沙石間細莖冰作骨密葉翠爲鬟一綫留春色孤根憶舊山無煩零露養生意也迴環

不爭風日好虛室託身安垂蔓愁烟溼看花待露乾歲甤

枯涸底搖曳古巖端萬里飄零客相逢破涕看

送洪稚存編修回南

萬里相逢日三春未暮時清談春氣味強項古心期甘與風霜老偏邀雨露施臨歧莫惆悵善保歲寒姿

南雄登舟

順水餘千里歸途未信賒塵緣銷雪海香夢淨梅花紅樹江郁月青松嶺上霞長吟一悵望仍是客天涯

重陽前一日憶友

菊花何處就樽酒竟誰移惆悵重陽節淒清作客時層陰迷岸柳夜雨漲江蘺獨掩蓬窗坐伊人宛在斯

九日寄懷

草木嗟黃落客心逼杪秋一窗分野色九折遶河流風雨憐佳節冰霜感遠游閨中休計日歸路尚悠悠

曉起即事

寒宵偏不寐夜雨灑枯蓬雙鬢憐疎柳長途悵遠鴻潮吞蘆岸白人語蠟燈紅出江船皆燒香燭起拓船窗坐溟濛一氣中

西來

西來何日復東歸萬里飄零願總違吉語空傳心惻愴鄉書不到夢稀微扡殘松菊荒三徑瘦損腰肢減半圍此去憑誰話岑寂新詩吟罷掩雙扉

九日

塞上初逢落帽期登高何處遣愁思問天欲續騷人賦訪菊重賡彭澤詩雪嶺迢迢人寂寞伊江渺渺客棲遲何年歸作重陽會更把茱萸酒一卮

惆悵風前鐵勒城何堪九日聽秋聲窮荒酒醒沙場夢遙海雲牽戍客情愁思不禁添鬢雪壯心欲盡捲風旌故鄉

猶記登高處誰築新亭補跨鯨立魚峯在柳州爲登高勝地上有跨鯨亭久圯許重建遠宦未果至今悵悵

排悶

半生踈懶信乾坤絶塞蕭然静掩門幸有童心藏我拙人謂余日夕誦讀似小學生不如人意向誰論西陲久滯風沙磧南海空懷橘柚村獨坐花前呼取酒一樽相對又黄昏

冬至前一日夜坐是年十一月初七日冬至

七日剛逢來復辰陽回葭管拂邊塵占年又對千山雪獻韈誰思萬里人濁酒先拚長夜醉梅花遥憶故園春自憐

劍盞天心轉霜鬢偏催老大身

呈張夢廬

天涯努力重加餐好客頻年笑語歡世事已隨雲影散人情還比雪光寒季鷹苦憶京蓴菜平子空思報玉盤稍待秋風送殘暑與君把酒散憂端

臘月十五夜聞絲竹聲有感

負暄吟罷小窗眠禪榻清風樂靜便砂磧光陰詩卷裏故鄉雲樹枕函邊客愁仗酒能銷臘歸計心期尚隔年誰抱雲和乘夜月爲余彈徹十三絃計至壬戌春正尚有十三個月

六月菊

豈從籬下訪淵明六月先開待品評未必傲霜珍晚節却能觸熱吐瓊英調冰雪藕涼方沁挪雨迎風暑為清寄語白衣新釀熟一樽留待孟嘉傾

郊行

黃雲白草遍寒皋何處登臨放眼高砂磧風霜侵鬢老江鄉花月夢魂勞勒銘誰記燕然石逐隊猶橫漢將刀賸有孤燈能伴我夜歸把酒讀離騷

大風折柳偶成一律

高柳繁枝苦見侵天風為我掃濃陰難藏鳥影鴉千點喜得蟬光月半林花徑好沾新雨澤瑣窗微露遠烟岑自嗟伏處茆簷久且豁雙眸暢客襟

郊外晚行

莽莽平蕪映夕暉車行郵野爨烟微一天鴻鴈秋將老萬里家山客未歸彭澤詩中松菊逕離騷句裏芰荷衣半生事業難追數何日伊江放鶴飛

荒齋

荒齋清冷費吟哦憶事懷人鬢已皤莊叟寓言蝴蝶夢鄭

公離緒鷓鴣歌鄭谷以鷓鴣詩得名其腹聯云遊子乍聞紅袖濕佳人纔唱翠眉低霜寒西塞鴻書少雨浥東籬菊蕊多爲問龍山高會客近來詩思竟如何

殘冬卽事

忍凍孤吟一事無年來怯聽歲云徂遷臣惜日心眞拙坡詩遷臣不惜日皓首投軀跡近迂太白詩投軀寄天下雪透窗櫺蔭紙溼風搖庭院樹聲飀揮毫爲作宜春字不許江郎筆竟枯

十一日申刻忽雪

僧訝濃雲障碧空鋪銀屑玉滿庭中鴉歸遠浦千山暮人

繞長廊一徑通天地無私春浩蕩樓臺何處氣溟濛疎窗借得虛明色不用高燒蠟炬紅

舟中聞風雨聲

無事驚心風雨秋征衫脫却上扁舟汀蘆岸柳醒春夢白草黃沙極倦游雨槳輕搖飛畫鷁一簾初捲颺煙樓傲車羸馬頻年困獨倚篷窗羨野鷗

夜泊江西門

一帆初挂過棲霞舟泊西門夕照斜潮上石頭城畔月霜凋蕭寺院中花六朝寂寞山無恙十廟銷沉草半遮兆部

南司何處是河橋燈火客思家

述懷

萬里歸來百不成蹇驢短棹苦長征雙棺夜雨傷姑媳子繼慈及原配柩俱未葬孤鴈秋風悵翁兒子之官後兩兄俱歿宦拙那知貧是病獄平幸轉死爲生閉門謝客宜師古蹭蹬休言嬾獨行

春日書懷

流落天涯老布衣長躭吟咏坐書幃苦無好句酬春永可有高樓對翠微滿眼鯨波消未得時閩廣洋匪恣擾一緘鴈信到偏遲過臺家人迄今無信遥憐靜院雙松鎖惆悵無緣伴鶴歸

抄

過白馬驛

如塵細雨暗前郵雲樹蒼茫水色渾畢竟春光何處去數峯江上剩青痕

何處人家白板扉殘紅落罷燕雙飛芭蕉十本竹千箇若有吟聲出翠微

西山 桂平

上到潯陽第幾灣風恬日暖度晴關西山少小曾相識予十歲時由南寧回椰令四十八年應怪征衫白首還

容念祖

念祖字近仁上林人乾隆三十年拔貢生官雒容教諭

三里匯水橋

兩岍青山石徑通一灣流水畫橋中雲根字隱新苔綠波影光分落葉紅倚柱時懷題柱客在川誰識濟川功臨流忽覺天倪動逝者如斯信不窮

潘鯤 摶

鯤字博上號厚池桂平人乾隆三十年拔貢生官吉水縣知縣有竹居詩集

抄　抄

遊西山寺

著屐尋幽境捫蘿到上方秋蛩吟近砌山果落經霜洞孕瓊芝秀泉開寶鑑光午逢僧話久歸路出斜陽

桂林雜詩和劉石庵編修

龍章天上下駟騎日邊來五嶺晴霞護三江瘴雨開桂花秋節好蠟炬夜更催爲問風簷裏誰誇錦繡堆

古服遺蹤在高風想柳侯文章空屈宋志氣過曹劉剩有千秋業都從百粵收忠魂招不得湘水向東流

風雨重陽節公衙値曉晴天高雲四散霜老鴈南征景物

隨時異詩懷到處生誰言官獨洽秋水共清明
九月歸期近三關別恨多臣心依殿陛客路渺山河薄莫
看飛鳥相思發浩歌遙知乘傳處爽氣逼秋螺

梁狀元祠 平南

狀元祠廟枕江隈傑閣臨風面面開邊徼有靈能毓秀儒
劉無道况憐才離枝句好宜高座闐石書殘祇舊臺我亦
門閭愁倚望欲將文賦乞鄒枚

蓉湖泛舟絕句

烟波一棹晚來猶十里芙蕖澹素秋依舊月明楊柳岸渡

頭開殺木蘭舟

蘇其烻

其烻字逵堂鬱林人乾隆三十年副榜官永淳縣教諭

登高峰巖

白雲深處洞門開百級階梯踏綠苔秀氣羣花浮砦出祥光一線自天來盡將煩熱消襟袖那有塵埃到酒杯半日名山雖暫住烟霞帶得幾分回

三管英靈集卷二

三管英靈集卷二十一

福州梁章鉅輯

潘鮔

鮔字丙崖一字遡上桂平人乾隆三十一年進士官靈壽縣知縣有閒居行路前後集

古意

妾本良家子幽蘭秀空谷十五爲君婦貴比黃金屋謬承恩愛深推心置君腹妾意無更移君情有反覆灼灼芙蓉花一朝霜雪酷命薄緣亦慳斷者不可續豈惜死君前不

諒徒自辱松鶴絕交聲溪鴛愁獨宿與君兩無情流水東
西逐援君綠綺琴一奏離鸞曲拭涕望粧樓新人美如玉

金陵山古松和陳元若侍御

森森千尺松盤根錯其節老幹覆烟雲奇姿冒霜雪中有
四時心柯葉紛團結迸天風雨來波濤探蛟穴躍躍掀蒼
髯有聲清且烈棟梁會可期斧斤戒勿伐養晦宜深山知
之曰明哲

山居偶成

閑園五畝依林屋二畝種松三畝竹當階薙草剪凡花嫣

紅滐絲皆塵俗城南騎馬故人來殺雞炊黍春筵開山妻媚我何太甚先期爲洗雙尊罍酒酣看劍狂欲舞叫囂不分誰客主磊落抑塞坐奇才歲月堂堂去如許前溪送客白雲多柴門掩月歸烟蘿鰥鰥魚目支枕聽小兒讀書如唱歌

勾校兵差寓漳河口

幾日住河滑村沽未厭頻城荒人講武官久馬知津投筆風誰續從戎事漸眞壺漿憐父老慚愧此勞人

自述

入世生成拙何堪逐逐頻已添妻子累況是病愁身白晝能閒我青衫不負人一窩歌嘯足吾道任酸辛

夜櫂

客久江湖慣披星事遠遊孤舟雙槳夜明月一山秋渡口驚漁火沙頭見海鷗推篷何所極烟水自悠悠

哭兄厚池

忍竟飄然去高堂有老親傷心惟此日執手更何人荆館情長短棠陰事舊新十年苦離索大別益沾巾

除夕輓從弟鑄

義汝沈潛器何來天札傷二旬兒哭弟十六禮爲殤孤館眠風雨寒釭照腎腸有愁除不得此夕較年長

遊思陵

不識西山路今朝著屐尋千巖隨樹轉一徑入雲深直到無人處方知有梵音疎鐘敲不住獨鶴返華林

山居感懷

吸露精神爽凌雲意氣豪炎涼知世事風雅屬吾曹慷慨同遊俠悲歌託楚騷美人期不至舒嘯倚東皋

聖朝多異數何用嘆幽沈鉛槧千秋業雲霄萬里心抱琴

抄

流水逝酣夢落花深此意直孤寄松風響遠林

後山居感懷

先生何所事兀坐掩松關隙地還栽竹無錢更買山鳴琴晨自賞飛鳥暮知還坐愛秋潭潔蕭然照鬢斑髣髴鼪鼬野蛩然餘足音石形成鶴立竹塢作龍吟便得無窮趣先安現在心疎慵原舊癖曾不為山林

白石山　山有煉丹灶漱玉泉會仙巖諸勝道書二十一洞天　桂平

畫裏名山妙不傳天梯石壁互勾連橫當霄漢臨無地迴出雲霞别有天深洞燒丹餘古竈飛泉漱玉滿瓊田靈芝

採盡空岑寂嵒下何人更會仙

落花和韻

自恨尋芳去較遲出門不是看花時飛來一片能驚眼斷送千林有故枝狂蝶憐香情似我名園酌酒賦當誰綠陰重疊茵如錦多謝封家十八姨

夕陽流水武陵津瓣瓣香隨紫陌塵腸斷幾番憐短景眼看無計駐青春胭脂北部愁宮女金粉南朝寄玉人別有遊魂何處著浮生去住總無因

午夜啼鵑喚不回芳心寸寸任成灰高樓淒絕人吹笛溼

徑香融展印苔可有文章歸水面了無消息近瑤臺東皇去後誰爲主一樹荼蘼兀自開

名園孤負折芳心只有桑麻雨露深可是桃花貪結子重來杏苑又成陰詩因撲藻憑闌得酒爲傷時帶淚斟欲待送春春已去東郊平眺一沾襟

秋懷

倚窗三尺抱焦桐一意蕭條萬籟空草徑冷沾蘭葉露埜田香簇稻花風寒巢戴月烏頭白遠樹啼霜鴈淚紅淒絕晚來江上箇高樓縹緲亂雲中

和高青邱梅花九首之二

羅浮山下錦江頭擲碎瓊瑤爛不收留與梁園陪積雪載來灞岸有孤舟清飈倚檻形都瘦好月當階夜獨愁檀板金樽消未得杖藜相約掛錢遊

寒窗盡日鎖相依冰扣珠排素練輝開處只宜明月照落時應趁白雲飛吟如何遜情猶嬾韻到林逋識者稀寄語江南舊知己可能幽賞及春歸

退庵詩話云丙崖爲劉文清公門生嘗客幕中文清跋其梅花詩曰粵西潘丙崖余丙子歲主試所得士也來幕中閱文者數月聯吟頗富和高青邱梅花九首饒有風骨於其歸也爲刻以實行篋且以示吳下

桂平志收

抄

抄

知詩者云爾時乾隆辛巳九月十七日也此詩潯州
人士膾炙不置豈以文清之跋而重之耶其實九首
詞意頗有相複兹摘錄二首以存其槩其餘如灞岸
總教詩債負江城莫放笛聲頻草深南陌尋春後雪
滿孤山放雀時
尚不失為佳句

斷藤峽和張郡伯風林

孤豕一隅間崎嶇控藤峽斷禍宜斷根江城齊按甲

涵碧亭和楊邑侯襟江

清江圍草市野岸結雲亭一片明沙外低天接晚汀

捲雨樓和李明府冰溪

雨意何瀟洒風聲自應酬捲簾來莫色烟暈半城樓

桂平志收

馬氏園和胡明府觀亭

興亡多少恨桃李亦無言剩有王孫草萋萋滿綺園

桂平志收

劉公臺和張明府恬堅

忠臣不有身安有千秋臺尺土還中原危生付朝露

玉階怨

閑步玉階上春愁無奈何妾意亂如草東風吹更多

抄

鷓鴣灘

鷓鴣灘上鷓鴣歌客路鉤輈奈若何三十六峯晴雨外一時回首白雲多

縣志收

陽璉

璉臨桂人乾隆三十三年舉人

堯山

衆山何連延雲氣生其峯環岡列佳木彌望青濛濛石色相崚嶒絕頂聞天風陶唐世已遠遺廟深山中碧桃伊何年仙館猶玲瓏嵓巒遞隱見狀變誰能窮林瀑流石粱豈無泉源通維彼天賜田千頃開鴻濛耕者古遺民秔稻崇先農金風從西來霜葉酣秋紅往事不可紀人稀衰草豐自非崑崙山潛匿冬靈蹤會當問眞源直上摩蒼穹

秦兆鯨

兆鯨字碧澥臨桂人乾隆三十三年舉人官山西山陰知縣有啞餘集

漢南道中

料峭春寒幾番(去聲)風又驅羸馬赴蠶叢連雲棧試初程險領蓋人難舊識同寂寞也應憐客瘦清狂未敢哭途窮建陵南望知何處蜀魄聲聲碧樹中

初抵成都爲黃虛谷邀赴邊站

無定身如不繫舟隨風飄泊錦江頭老人書劍朝朝客碇

眼雲山處處秋幾度清羸羞似沈一枝深穩幸依劉辦裝
贈我知難却又聽驪駒祖道謳

俞廷舉

廷舉字石邨全州人乾隆三十三年舉人官四川營
山縣知縣有一園詩集

八月十九日送董植堂之山陝次民部吳東石同年
韻

同客燕臺倘未還那堪送客淚斕斑人行晉樹秦雲裏詩
在岐山沁水間萬里秋風函谷道一鉤殘月鴈門關知君

抄

此去忩佳麗莫把千金買笑顏

羅大鈞

大鈞字子樂蒼梧人乾隆三十三年舉人官陝西商州直隸州州同有松崖詩稿

麗江雜詩用杜少陵秦州詩韻二十首之八

不憚牂牁遠蒼茫賦壯遊入關年歲久控目瘴雲愁匼匝千崖曉炎蒸一雨秋近來無去志祇爲得朋留

孤舫南津口征人日暮時城樓鼛柝起戍角一聲悲虎渡腥風急山高塞月遲戛然聞白羽橫掠欲何之

列仗壺關外官軍百鍊強防邊兵不用宿戍策空長嘯鐵
馳秋雁荒坰試健驪旌旄當暮返原草迴茫茫
當前金匱下大將撫夔歸偉績鐫崖壯年深字跡微巖荒
颮豹隱徑小牧樵稀弔古登高頂蒼茫瘴百圍
碧落煙嵐外孤城萬壑間縈迴三面水要害一重關星使
時來往夷臣貢往還梯航初入此咫尺凛天顏
地紀窮南極崚嶒別一天靈巖無限好仙跡傍誰傳銅鼓
埋荒草香魚產黑泉休嫌風土薄百越盡居邊
地僻驚秋早才貧得句難猿聲清夜振鶴唳碧空乾遶郭

千山淡沿江萬樹寒少陵興猶在何處更登壇

經年青鬢失羞報故人知老父時硃易秋鐙夜課兒棲身

煙瘴地結想鳳凰池落拓還相對梧桐月一枝

居庸道中

脂車又何處取道出居庸列戍千山外諸胡一線通聞笳

思故國騎驕識邊風更渡桑乾水勞生嘆轉蓬

題畫

雲壑知誰主蕭然展畫圖煙蘿茅舍冷風月釣船孤野水

淡將夕遙山淺欲無故鄉如在目歸夢落蒼梧

元霤山登高和許上舍

又是題糕候亭中足勝遊酒盃酬令節雅興屬吟儔落日鄉關遠孤城煙樹秋臨風還自笑踪跡一浮鷗

道中見紅葉

纔出城東外丹楓葉已繁亂遮山驛路斜映夕陽村暮雨殷秋色西風斷客魂不堪搖落處吳水淡烟痕

新鄉縣

西指秦關路分途第一程（自衞輝分道入陝第一站）百家烟火地三里彈丸城市冷人行少風高戶晝扃但堪幽賞處流水石橋

横

秦嶺謁韓文公祠

跋涉踰秦嶺高祠過客紛深溝留積雪片石紀横雲（祠前有碑大書雲横處三字）直著全唐史哀興八代文我來瞻拜後山外日斜曛

瓦亭驛

山谷盤紆處高城枕水旁輪轅千里客鈴鐸五更霜驛館燈搖壁官郵路入羌故人曾牧此遺愛有甘棠（地屬固原鄉先生陳受川曾牧此）

九日元霤山登高

縱目亭皐感物華一樽黃酒又天涯吟邊松翠侵衣冷望裏秋陰帶郭斜湖海飄零悲落葉鄉園迢遞負黃花臨風不盡低徊處大壑穹崖鎖暮霞

立春日邯鄲縣題壁

前度春光九十過東風今日又晴和迴車巷裏笙歌繞學步橋邊綵勝多是日上元迎春磁枕功名誰醒覺征途歲月易消磨停驂爲問商山路西指秦關奈遠何

木棉花

陌頭新水破春泥雨後尋芳蹴馬蹄回首斜陽無限好一林紅壓瘴雲低

鷓鴣聲中樹色迷天南花木總離奇燒空燭岸春如海十丈珊瑚屈子詩

班女祠

班氏太平府憑祥土州處女也少諳道術矢志不嫁常厚積粟家人莫解其故後馬新息征交阯絶糧氏傾囷助之因獲底績馬聞於朝勅爲夫人徵入大內氏慚而懷沙今麗江所在立祠靈應如響己卯春予舟過馱盧

因題其廟

山下江流日夜東亂鴉祠宇白楊風誰知銅柱分茅績多
是夫人贊助功

壬辰初冬自於潛至武林口號寄呈陳亦亭明府

薄暮停車見晚紅新溪溪畔繞丹楓宵來一枕鄉園夢身
在臨安萬嶺中

放棹溪頭冷氣侵嚴關鐘鼓夜沈沈半篙寒溜三更夢直
送輕舠入武林

何處經過最斷魂錢塘門接湧金門湖濱一望殘秋後衰

抄

柳寒煙黯淡痕

鴻門

范生已逝留餘沒楚漢興亡蹟尚存憑弔英雄當日事夕
陽古木暮鴉翻

過青嵐山

往來轍跡各紛紛上嶺朝暾下夕曛此日壯遊西北去馬
蹄踏碎萬峯雲

三管英靈集卷二十二

黎建三

建三字謙亭平南人乾隆三十三年舉人官甘肅涇州直隸州知州有學吟存草游草漫錄續遊小草悔初草

退菴詩話云家宮詹九山叔父嘗序謙亭詩曰謙亭以孝廉作循吏往來數十年不輟於詩今讀其詩而知其性情之和平忠厚且以知其政之愷悌慈祥讀其詩而知其學問之明通淹貫且以知其政之敏鍊廉能至於古體滂渟豪邁五言短章駸駸乎登古樂府之堂而律之俊逸渾厚流麗清新固人人所共愛而余獨愛其以見道之言發洩於草木蟲魚以抒其抱負所謂眞學問眞性情者也此宮詹視學粵西時

謙亭之子槐門所請序也嶠西詩鈔所登未盡其菁華楊紫卿所選亦約適平南彭生蘭畹攜謙亭全集來故悉錄其尤雅者足以傳謙亭矣

秋懷三首寄友

迢遞賓鴻度荏苒夕照光念我同袍子惓言歸故鄉秋江多蘭芷欲折相貽將采采不盈掬悠悠江水長

明月何悽悽團圞鑑東樓林端發悲響落葉聲蕭颾攜琴坐明月促節彈離憂離憂不可訴涼風池西頭

得名未足喜失名未足憂努力愛年華物外非所求丈夫貴知心齊爲小別愁願將金石意黽勉期白頭

擬古

種樹反苦蔭釀蜜乃得辛物情有如此揣惻傷心神薰蕕畏共器朱紫易亂真浮生恩怨懟豈必在路人此理良反覆欲語重逡巡

歲暮高平客邸感述

居憂儵越歲荏苒嗟羈孤銜卹心仄迫苦爲公家拘人生戀升斗本以庭闈娛大椿不千年萬事徒區區宦場悔內拙衰盛況殊途名謝猶有恥蝸殼難自濡隱忍閱昏旦日月忽已徂終天抱遺憾淚落如連珠

驚魂落何許杳杳東南方素旌仗神靈安穩逾衡湘心酸
憶慈母寬慰誰在旁弟妹弱且稚天寒無衣裳艱難萬里
歸骨肉兩相望沒者已永訣存者何倉黃我躬胡不辰仰
視天蒼蒼

寒日匿高城千里陰霾昏悲哉羈孤客哀怨誰與論途窮
轍跡斷勢去同儕尊寥落百年志屢受一飯恩隴山何高
高涇水流冰繁境逆難自主俯仰聲暗吞颯颯大風雪天
地爲煩冤

庭院何凄凄凄凄伴愁絕人如枯樹寒心似層冰裂前冬

家書來遣道字不滅甯知一隔年檢篋眼流血悲憂兩念并卒歲增凛冽中夜強偃息殘喘未敢竭嚴風鳴破窗夢魂復幽咽

棄置辭二首

東風何飄蕩一日三陰晴亭亭西北雲悠悠東南征憶昔初見君白璧方連城高樓貯紅粉金屋歌銀箏新歡千鈞重舊怨秋葉輕承恩如夢寐得罪不分明昔時連珠弄今成腸斷聲蘼蕪不可採歧路心屏營

道旁桃李花曉露零團團寒鵲啄其蘂故故相摧殘由來

折花易不如惜花難妾本良家子胡爲向長安空閨一席
地卑命何相慳涇水流湯湯去去無時還舊時金縷衣疊
摺不忍看君心何決絕妾淚徒潺湲決絕不敢怨潺湲悲
舊顏

古意

人情荷上露變易安可知愴懷感疇曩揾淚如連絲憶昔
初見君春山若蛾眉合歡琥珀枕連理珊瑚枝一朝無醜
好棄捐遂何早遺簪蟬翼輕悠悠置長道浮雲隨大風東
流去浩浩恩愛日以新後會豈能保

舟夜

經旬苦寒雨汐際江痕長日暮暝烟深孤舟落蒼莽更闌微雨作傾耳勞想像鳴㭊戛鳴竹篷溜泣清響獨夜怯早眠息慮通象罔琴罷悄無聲淡然愜幽賞

六盤山 平涼西一百一十里

遙望六盤山蒼翠絕可憐坡陀互出沒突兀落眼前誰人闢天險茫昧知何年榛蕪翳荒戍石瀨鳴涓涓初如拾階級數武復蛇蜒磴齒忽陡澀輪蹄屢延緣前行倏紆折疑陟後者肩騾馱紛斷續若蟻負子然盤盤上益高跕跕驚

飛鳶崩崖垂大壑留目不敢旋我行西陲道歷險此最先寒暑異於下風霜集其顛孝子戒垂堂出處理有專驅車九折坂壯志懷昔賢

詠懷

秋簷誦詩什風撼庭樹鳴蓼莪與南陔哀樂難同聲早歲傷見背報稱螟蛉輕中年歌陟岵鍛羽遲南征謬悠三十載出處忝所生天高空局蹐夔寒達精誠祭豐嗟何及五鼎虛前楹顯揚豈云贖矧茲一命榮涼飈感霜露今昔增屏營三復瀧岡表慚悔無令名

四序何參差推遷如轉轂放眼太始還天地亦局束浮生嗟太難攖我非一族齊之以不齊庶遠物外壽九有區以別高陵深者谷風馬乘氣輪誰能揭其軸祥金詎踴躍幽憂徒抵觸遐哉帶索吟癡絕窮途哭境遇隨所遭平陂迭往復古來賢哲士未肯薄流俗委運非任心遠禍不邀福無勞耆與龜素位萬事足

碌碌吟

碌碌復碌碌道路相驅逐朝過會寧饔（山在會寧縣）暮向定西宿（距會寧縣一百三十里）老牛齕草鐸鈴語泛梗情懷無著處荒雞

喚起五更寒風雪漫天騎馬去

將進酒

愁城何所有積鐵高且堅嶭嶻嶪岌青摩天五丁束手心茫然夜來驅愁飲一斗寒燈熠熠松風吼酒亦不得醉愁亦不可去中宵倚戶數繁星碧海神山杳何處壺傾縹粉鯨吞波四更月出顏微酡荒雞角角奈爾那紅日依舊白髮多

短歌

煩憂織心如網寄窮山吹破鄒衍律勞生自計百不堪鬱

上銀絲晝夜出功名坐愧等身書子孫絕少千頭橘一月開口能幾回百萬已過一萬日天道甚遠命理微舉杯聊且齊得失

斗米謠

荒年窮民無託處眼前生計在兒女春來郎有半畝田其奈家無升斗貯賣兒買斗米女子一斗餘深知死不免且復救須臾但願兒女活寧計老賤軀富人粟紅腐中人無完袴大官一夕宴所費千兒貝吁嗟乎賣兒買米不滿提人命賤比犬與雞吁嗟何以爲烝黎

倣昌谷體

榆錢落盡過重午露溼鉤欄草蟲語陌頭折贈柳初黃脈
脈絲條幾許長單綃委餧虛團扇憔悴清歌羞相見空堂
五月欲驚秋玉骨稜稜一把愁蠟燭啼紅箭沈水夢向芳
洲採蓮子

鼓吹曲

頹雲黯淡夜不開明燈歷落東西臺小吹連珠大如雷狂
夫叫跳勞人哀高山何巉巉不長杞與梓流水何瀰瀰不
生魴與鯉大風蓬勃沙石飛羊腸通衢無是非赤日行天

百草萎消滴朝露奚由肥人生咄咄多相違漢陰奇語知者稀不羨雙朱輪甯騎小黃犢願餐苦柏枝不帶于闐玉勸君累十觴莫聽鼓吹曲夜愔愔聲斷續一家歡樂百家哭

秋夜

風聲淅淅蟲喞喞霜魂射簾月梭織落葉欲留留不得寒到氷洸慳氣力相思在眉鏡在壁不照芙蓉照頭白離懷歸夢兩茫然燈花爛漫無人惜

和玉於圃月夜垂釣作

小隱漁郎得清宵月一竿露華青箬溼水氣石臺寒風定綸絲穩波平鑑影安潯陽若相遇莫作賣魚看

灘江舟中

早識灘江好那堪行路難故鄉秋裏別明月客中看山抱孤城靜灘鳴古渡寒憑誰報慈母一語寄平安

岳陽樓

客路三千里巴陵第一樓山横南楚盡雲接漢江流空闊魚龍靜高寒鼓角秋永懷憂樂語萬古思悠悠

京邸送玉於圃南歸

掉首甯過夏還鄉或涉秋曉風縈澤渡斜日岳陽樓白髮中年約青山隔世修此行殊孟浪爲我謝諸劉

晚春柬徐敬夫

韶光如逝水花事不曾看夢數還鄉易家貧作吏難淫雲滋暮色細雨釀春寒好約清和月東鄰訪牡丹

書懷

落拓孤憂客艱虞萬里身風塵催白髮景物自青春噩夢醒猶畏人情閱後真半生足愁怨擬欲問前因

藍橋

初日藍橋路丹楓耐客鞭人聲出深箐鳥語入寒烟戶籍多襄楚秋耕雜豆棉溪山嫌俗吏無處訪仙緣

月夜

攬衣下庭際皓月一輪高良夜不易得吾生何太勞輕風飾竹影清露淨蘭臯珍重嫦娥意多情鑒二毛

涇州登王母山

周漢傳遺跡琳宮最上頭仙人不可見涇水自東流枕石槐根古沿牆竹色幽年來厭羈鞅到處擬滄洲

于役定西途次遇雨時苦旱已四旬矣

抄

幸澤非人力神功荷太清青嵐一夜雨秋色定西城作可
蘇禾黍何時洗甲兵微官頻道路身世遠含情

夜度青嵐山

夜行迷遠近山勢儵西東雲海凍不合戍樓燈作紅石梯
防馬足人語落天風未敢言辛苦孤吟慰轉蓬

季夏東軒漫興

繞郭分流小亭虛面曲池赤欄低映水老樹綠交枝息意
親魚鳥浮名閱鬢絲十年此棲託巧拙寸心知

夜出馬峽

龍燈還覓路十里水汀平石落空巖應星飛過峽明亂流人暗度陰火鬼無聲誰識潘懷縣迢迢宦客情

遊永昌城北水寺

一鑑雙隄繞垂楊更白楊樓臺搖倒影風水綴斜陽人靜知魚樂心清警佛香明晨歸路近有夢到濠梁

紅葉

西風青女怨吹淚漬林間客愛停車晚書憐作紙慳晴烘黃葉渡冷豔夕陽山搖落悲凡植霜天獨駐顏

寄家書

三度鄉關信經年羈旅情雲山遮淚眼風雨坐愁城書去猶為客官辭尚厭名鴈鴻消息近相約共南征

寄劉元亭

十載親情鎮可憐潯陽城北酒帘邊飄零琴劍餘狂態白在江山閱少年搔首漸驚潘岳鬢端居深愧祖生鞭粗疏潦倒真吾事羨汝秋江上水船

泊大榕江上流

沙渚秋深退舊痕輕舟埋碇日黃昏雲山望眼八千里風雨孤篷酒一樽曲塢有田皆近水疎籬小聚不成村三年

作客經過地衰草寒波又斷魂

界首除夕

拍拍寒風促歲頻村沽野蔌未全貧勉拋歲月幾杯酒如此江山一葉身菱角柑盤鄉國夢詩囊藥碗餞年人明晨擬向東君借十尺蒲帆試好春

初夏過盧妹丈山莊妹丈於去秋下世舍妹膝下二男一六歲一甫週煢煢弱息終日以淚洗面爲勉留二日歸途愴然賦此

梁鴻廡下案猶存燕語烏啼總斷魂十載虀鹽差不惡百

年苦樂更何言生前偪仄緣兒女此日提攜仗弟昆我自剛腸慳淚眼臨歧無計忍雙痕

秋荷

瓊枝作骨雪凝膚便脫羅衣著六銖惜玉緣慳香夢在弄珠人去水痕枯房空已瓣心甘苦秋老還憐藕有無記得吳娃相倚傍月明風細出南湖

高平旅邸柬呂巽之時巽之以憂解任

襆被艱辛記共嘗一年宦海閱滄桑生涯落拓悲殊域燈火青熒話故鄉緣木守株成底事買山待隱兩相妨秋風

不遂鱸魚約孤負東籬菊又黃

清明日雨雪

驚心三月過初三雪斷清明亦偶談潑火雨晴人悄悄杏花風急玉毿毿飄疑飛絮春猶健冷沃香餳俗未諳佳節伶俜勞客思綠楊芳草憶江南

重陽日金城城西觀黃河

蘭泉登眺約難成時約五泉登高不果來聽風聲與水聲一曲河山雄紫塞三秋波浪撼長城洪濤終古流無極白墖斜陽澹有情聞道崑崙西去近乘槎眞擬豁平生

山色波光上麗譙龍宫臨水鬱岧嶤人生能餞幾何壽天下應無第二橋板閣人家依岸出沙灘蒲樹隔烟遙鄉愁滿目歸來晚不買黄花買酒澆

海城奉檄調省途次復有移署姑臧之信

關外秋風送急裝三冬隴坂馬元黄在山泉水終難濁出岫閒雲亦覺忙久閱宦情憐賦芋慣居人後笑鞭羊熱中夙是經淘洗得意牛毛學兩忘

再次環縣途次偶成

深冬驅馬復經過飲水看山唤奈何河水鹹苦不可飲亦有平原

都瘠土更無行旅只私讎木波城圯遺民少（木波城范文正公帥環慶時築）靈武臺荒夕照多（縣城五里有靈武臺相傳爲肅宗所即位處）環慶由來形勝地即今邊徼入包羅

南鄉催徵感賦

南陌東疇會斗升一春曉冷晝還晴　天家又見寬常賦造物何曾忘好生推會有知惟罪歲催科無術敢沽名廷疎愧覆黃紬被雙鬢朝來白幾莖

平戎驛（距西甯五十里時代姜觀察護送藏差）

三日空淹使者車官萍心跡欲愁予邊城風雨人千里客

館樓臺月一梳短髮有霜朝看鏡小窗無夢夜抄書烟蘿茅屋孤蒲艇管領韶光總不如

古張掖郡

形勢西涼控上游黑河如帶繞甘州大山綿亘自終古草澤莫雄說故侯千樹鴉聲雙塔晚牛城陂水萬家秋酒泉咫尺春風度未信班生易白頭

襄陽舟中

形勝東南接上流白蘋作意送歸舟三年兵火憐生聚嘉慶二三年樊城數遭教匪焚掠村落市集至今未復舊觀萬里江山媿壯遊峴首西風

人代沓石門斜日樂苗秋奔波漸駛秦關遠高挂雲帆指岳州

有憶

回憶分攜日攀條泣柳絲怕看淚痕處枯却去年枝

山齋

寒雨度北林涼風入高閣深夜斷無聲時聞山果落

朵蘭道中

平野溼雲低無因惜馬蹄清秋正蕭瑟風雨五涼西

夜泊

四十應官去無成竟白頭九千風雪路明日到梧州

平番道中

八載遊蹤西渡河秦山隴水意如何枝陽渡口斜陽晚一曲紅橋映綠波

峯合黛色互灣環大有人家木石間想像灘江秋水路澹烟微雨鬥雞山

憶西湖舊遊

荷葉平欄一桁斜湖心烟水櫓咿啞多情無限裙腰草綠到蘇堤賣酒家

紅柳

白草黃沙磧漠遙更無鶯燕與招邀明妃遠嫁千年恨嬾向風前鬥舞腰

青疑柏葉弄鬖髿紅玉搓條作意斜誰種宛湖三百樹塞垣六月看桃花安西湖多紅柳

分得江南一束愁碧宜春水澹宜秋紅綿祗在枝頭結笑煞楊花不自由

無多婀娜也娉婷占盡邊城第一青魂斷胭脂山下路夕陽紅處影亭亭

抄

胡笳吹月落梢頭底處長橋與畫樓萬里玉關秋欲老綠楊城郭夢揚州

偶憶灘江山水

石徑寒叢猿嘯哀淡烟晴日畫圖開棹聲遠入青蒼裏百丈銀濤天上來

畫舫紅糚綠水濱倦遊踪跡記猶真蓼花洲畔丹楓路一棹秋風送美人

歲暮河湟道中思鄉雜詠

經年有夢戀庭闈渴報平安去鴈稀欲上崑崙絕高頂天

南遥望白雲飛

河陽豔說好花開潘令當年只費才寄語故園舊親串門前栽柳莫栽槐

丹水道中

秧苗潑潑鷓鴣啼蛙鼓聲喧水並隄正是江鄉好風景儆裘嬴馬鄧州西

柳

鸚鵡洲邊別小蠻大堤花豔鬬雙灣長條牽引相思夢又逐東風入武關

自藍橋至牧護關

插雲蒼翠淨高秋天放新晴慰客愁石徑羅險三十里沿

山聽水到關頭

由臨晉夜趨蒲州

官程無計暫淹留夜半蕭森四月秋白袷忽驚風露冷一

天明月到蒲州

雨中過臨潼望驪山

十里平巒接綠蕪雲痕木末半模糊米顛筆意天然出一

幅驪山烟雨圖

自三寨至馬峽

人家纔過又坡陀馬首東瞻去幾何十里平岡秋草路亂山無數夕陽多

一天風露正當頭帽影鞭絲悵遠遊怪殺寒蟲無賴甚短叢荒徑怨清秋

自布隆吉赴茭茭曹督視鉛務計程千餘里閱二旬餘雜詠十三首之三

飛樓雉堞古雄關北顧風沙遠近山一笑那知邊吏貴旌旗鼓吹出橋灣橋灣鎮有都府駐防子攝篆安西兵衛迎送儀注迥異內地

西風烈烈送鳴駝天蓋穹廬勅勒歌白草黃沙三日路只疑塞外夕陽多

夜靜鐸鈴悲自語天低星斗燦如棊酒酣隔帳聞喧笑錯認連檣夜泊時經行地皆戈壁絕無水草人馬所需一切以車裹帶夜宿帳房大異內地征行景況矣

紅柳編柴野戍新高岡累石引行人可憐秋草千年恨不見江南二月春塞外五六月間草始作色甫七月秋氣蕭森草又衰矣

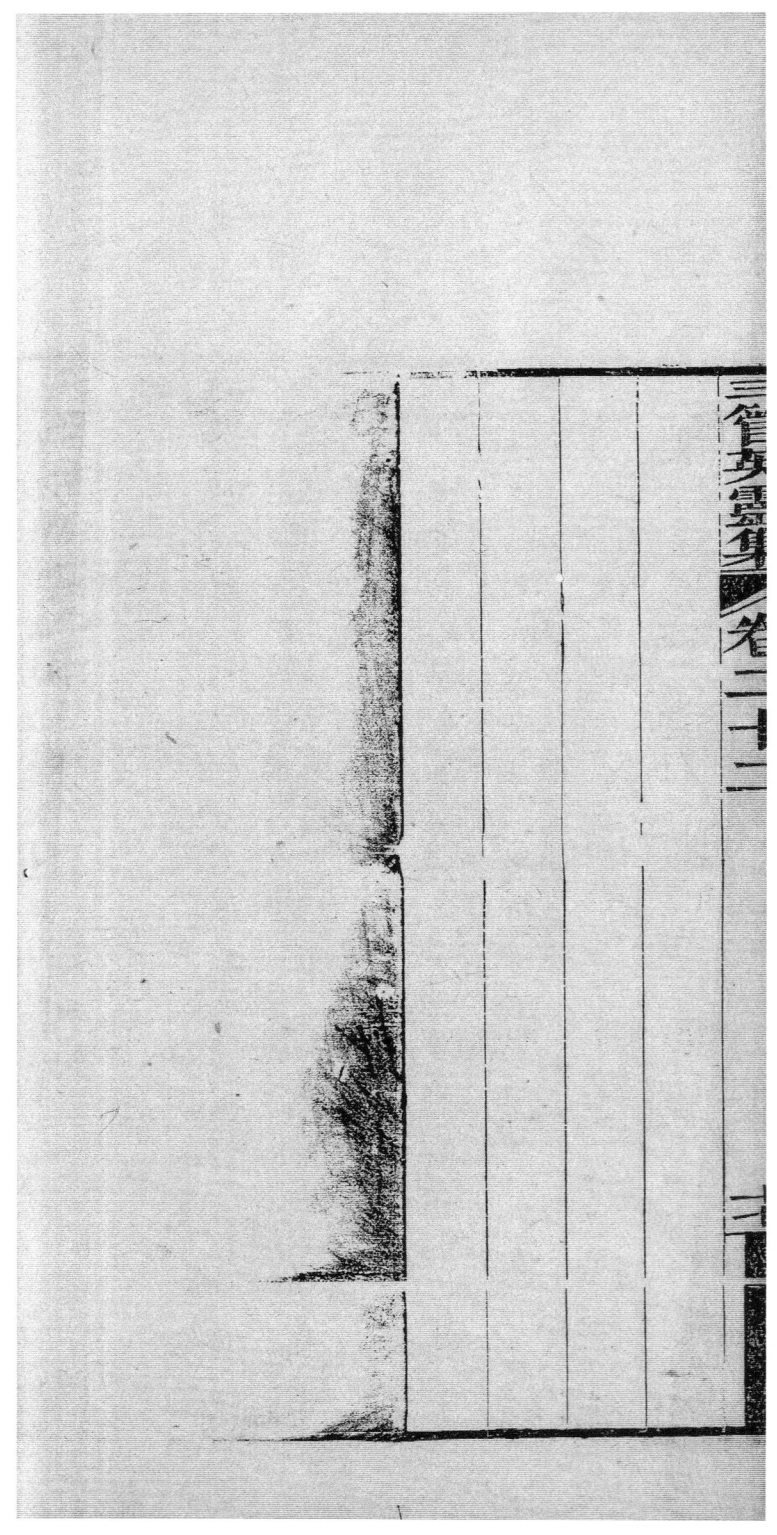

三管英靈集卷二十三

福州梁章鉅輯

左方海

方海字曙樓臨桂人乾隆三十四年進士官江西臨江府通判

辛亥七月于役會城十月返棹

迢迢虔南道鬱鬱章門客來當暑氣蒸歸冒霜華白凌晨發輕帆波光碎寒碧雲樹沿江來濛濛曉烟冪往返豈殊途風景異疇昔惜哉不暇賞佳境值行役前村負暄翁邈

若仙凡隔

寒夜與朱秋岑小飲話舊

流光荏苒東逝波歲云暮矣風霜多夜寒閉戶判酩酊舉杯共話消煩痾憶昔騷壇十四五一時徵逐皆乳虎十年回首半如烟寥落惟君猶舊雨僕也人間類轉蓬天涯蹤跡忽西東即今相對亦偶耳雪泥漫認留飛鴻勞生應坐雕蟲悞未識明年又何處雨窗得酒且陶然瀟瀟莫厭芭蕉樹

曉眺 曲靖試院

月出衆山靜寒烟天半橫草枯明野燒葉落淡荒城霜碎
棲鴉肅風高去鴈輕蕭森萬象斂客思一宵生

祁陽江中早發

秋思渾無緒蒼茫何處尋亂山紛客夢殘月動鄉心曉色
孤帆隱涼波極浦深扁舟江上路身世託長吟

山行

人向荆南過翻疑蜀道平上坡防馬滑陟嶺撥雲行怪石
崖邊立飛泉樹杪鳴暮天深谷裏遙見一燈明

晨興

晨興淡無事緩步層山幽殘月猶在樹涼風先滿樓隔林
聽鳥語過嶺看雲流此際萬慮寂天空豁遠眸

桐城水樓

客路還登近水樓清涼五月境如秋簾通荷氣自來蝶門
映波光堪狎鷗可有才如王粲賦肯容人上李膺舟新詞
曾附紅牙拍絃管池亭憶昔遊

秋日三界禪菴偶題

歛紅飛不到禪林萬木蕭蕭繞屋深雲護茅菴疑上界山
擕秋色付新吟半城霜氣初紅葉滿院風篁尚碧陰閒殺

苔痕無客過此中何處着塵心

早發邳州有懷前邳州牧冷節臣先生

路經東國又南行初入江南第一程衣上酒痕餘魯味市中鄉語雜齊聲山紛泰岱青千點烟散邳州碧滿城試向此間尋舊跡合將循吏屬先生

竻竹夜泊

亂山盤繞水飛流西北斜通古樂州荒草渡邊船乍泊急灘聲裏石如浮幽篁風靜聞人語遠岸燈明過客舟最是怪禽啼斷處蘆花霜冷月如鉤

抄

和李松圃園居雜興

圃開新玉枕江皐花木平泉遠俗囂一鑑波光凝畫閣園中有一鑒樓滿園春色映宮袍樂如司馬何妨獨名到蒙莊未易逃曾記褰裳客徑入主情爛漫話風騷

高風三徑足忘機人世何須問是非深院陰濃棋子靜閑堦苔滿履痕稀樓開翠許山光入簾捲香容柳絮飛豈異菊洲松島住雲情早與俗情違

夏日雨霽與友人游城北諸山洞

好山無數不知名梅雨才過碧滿城到眼俱堪資笏拜此

身疑在畫圖行石堂寂寞人何處（有宋人石堂遺趾）銅狄摩挲世幾更（山麓有鉄佛寺）故事欲尋遺老盡啼花野鳥淡忘情

洞壑清泠夏最宜幽尋況是雨餘時嵐光翠欲侵衣溼雲氣濃看出岫遲面目此中應未識仙靈無處不相期（内有純陽洞）名山咫尺欣新歷愧乏藍田精舍詩

龍游舟次偕六弟淑

錢塘一棹趁斜曛水入西南派又分山遠浮嵐斜罨樹浪高飛沫散爲雲秋風涼到天涯早木葉吹來客思紛此去常山應不遠漫游猶喜鴈同羣

聞鴈

蹤跡年年類轉蓬沙頭已愧信天翁一聲蘆浦寒雲外萬
里榆關遠夢中曾記來時黃雀雨又驚啼處白蘋風人間
且住爲佳耳何事冥冥度碧空

與友人村店小飲憶舊

路傍曾聽喚提壺一盞相邀就此沽興會昔年眞不減風
光今日未全殊獨憐紫陌重來客空憶黃公舊酒罏滿酌
勸君君莫笑高陽零落已無徒

山行

山頭犖确石徑微山下泥濘行人稀陰雨莫分村遠近淡
雲時露樹依微負鹽蠻女立復坐啄果野禽鳴不飛遙指
前途何處宿隔林燈火逗柴扉

鄧建英

建英字方翰一字望鄉蒼梧人乾隆五十四年舉人
官山西知縣有玉照堂集晉中吟草

入馬峽

連山如長城一水攻其隘剛柔勢不敵奔騰忽稍殺石壁
亂青紅顛倒羅百怪蒼藤捲雲氣高出飛鳥外扁舟曲折

來颯颯聞虛籟暗泉出嵒洞鏦錚作狻猊引人漸入勝茲峽寶爲最蘇合開晴嵐適與蓬窗會蘇合山名

月夜紫薇館寄裼蘭友秀才

碧天淨無雲明月出山嘴忽從柳梢頭墮入襟懷裏湘簾寫疎影微波漾秋水漸聞竹露響更向朱闌倚遙空鶴一聲滿院香風起苦吟不可繪何以贈之子

南鄉曉發

殘夢忽驚回一徑入溪曉何處遠鐘聲穿林響未了宿雲滿山腹初日射烟篠新苗綠無際拍拍飛白鳥

抄

灘江夜泛

明月忽在水白雲滿空山飄然縱一葦倏若離塵寰微渡漾帆影宿鳥鳴關關迴岈簇村樹霜葉何斕斑烟浦火明滅人語菰蒲間乍聞盪輕橈俟疑釣船還風露漸淒冷山水彌幽閒有酒且斟酌逍遙渡前灣

左桂舟以感遇詩見示因和答四章以廣其志

孤松生高岡蒼然陵太虛風霜日以深琥珀連根株蘭蕖何揚揚幽姿壓眾芳空谷不逢人隨風發清香丈夫處世間落落寡知己且同草木生肯同草木死

白鶴天半飛鳴聲出層雲鸕鷀搶枋榆儔類何紛紛白鶴
常苦饑鸕鷀常苦飽飽者莫相笑饑者固自好鳳凰西北
來百里生輝光垂頭問鸕鷀誰與同翱翔
我笑韓退之作文送窮鬼我笑柳子厚乞巧苦相詆人生
百年間同此暑與寒富貴傲貧賤事定須蓋棺不見古達
人指口但飲酒桃李爭春風時過亦何有
江心挺危石江流日湯湯江流去不返江石仍中央北風
慘浩浩凋零及百草苟無爭榮心何用憂枯槁我有上古
書世人多不識請君試開看參差惟鳥迹

渡羚羊峽

炎方山水西南雄羚羊之峽當其東峭壁陡然立僅留一綫東西通暴流濁浪幾千里儼如萬馬趨臨潼倒翻地軸勢欲裂震雷急鼓喧虛空是時天地倏昏黑潛蛟起舞嘶寒風扁舟突如疾於鳥傾檣攉楫隨飛蓬漩渦雪屋互迴薄十丈濤頭蓬背落怪石猙獰欲噉人據險乘危爭擊搏推窗四望心轉急驟雨橫江吹面濕頑童三老噤不語兩目瞪瞪向天涖須臾遠岍垂長虹平江峽外磨青銅驚魂未定試回看但見撐雲礙日山巃嵸

遂州城南雙松歌 松在城隍廟內

太行之北并州東山深地僻精靈鍾奇氣無人可發洩石壇天矯蟠雙龍到門忽訝濤聲急兩朵濃雲空際立風霜飽歷勢愈張鱗甲縱橫元氣入傳有偷兒覬茯苓側身穿穴心魂驚火毬射眼大如斗豈知琥珀浮光晶我來寄宿禪堂下萬籟寂然鳴鐵馬夢回天半落笙竽曲闌听幘何瀟洒材老天年護有神虬枝露葉任冬春巢邊元鶴誰知歲間啄松花不避人

磨劍行贈俠客

抄

壁間三尺龍泉劍藏在匣中人未見夜來忽向匣中鳴曉起狂磨臨潋灧血斑退盡雪光寒凌空仰擲如飛電酌君酒舉君杯舉杯看劍復幾回吁嗟乎以子之才劍之寶匪耻之儔安足道何不乘風破浪直指澎湖島

桂林處士曾靜如著自課集數卷予曾爲作序沒後稿不復見周肯之邀予訪諸其弟欲以備志局采擇不遇而返

世間何物能長久惟有筆墨流光芒豈知中亦須福命幾人泉下摧肝腸靜如昔日我畏友詩似昌黎文似柳肯將

飽暖累生前共信聲華應死後艱難困頓果終身妻子全無弟更貧錦囊心血落誰處破壁頹垣亦別人穆堂尚書今復見謂謝中丞暴骨遺骸搜欲遍穆堂云刻人一稿如收遺骸暴骨念舊重欣得廣文靜如有靈當自薦月明攜手遶城東季弟飄零未易逢譙鼓三敲人語靜疎林颯颯起悲風

西湖酒樓醉歌贈劉星山明府

鳳凰山外新雨晴雷峰塔頂斜陽明湖光湛湛如鏡平蘭橈搖漾空山行螺髻參差闘尹邢樓臺照耀開丹青黃鸝白鷺高下鳴風吹十里荷香清柳陰橋畔誰揚舲美人臨

窗調玉笙使君意氣何縱橫移船直過水心亭酒樓笑指當廻汀金龜脫擲音錚錚殷勤爲我沽酴醾須臾几案羅羶腥至味煩君試品評夢魚饌勝五侯鯖酒杯錯落如飛星喧呼已倒十玉瓶歌聲未斷聞雷聲黑雲翻墨來南屏狂歌駭浪奔長鯨遊船簸蕩千浮萍剛風捲雨入層城夕照掩映穿窗櫺使君掀髯轉雙睛豈須五斗方解酲吾家何事誇劉伶相對大笑酒已醒

窮黎歎

邑有甯姓者以歲歉不得食至於投繯鄰里報驗慘然

傷之

爾家僅四口爾苦同一牛竭力耕瘠土日期麥有秋麥秋亦已至麥穗亦已死何物充爾腸樹皮雜糠粃樹皮糠粃今又無向人終日空號呼歸來淚眼對妻孥欲言不言立庭除忽袖長繩懸屋角生饑不若死饑樂吁嗟乎生饑不若死饑樂問爾妻孥欲誰託惟有使君自慚怍

山齋爲大水漂沒今年始於廢址勉營一堂

剩瓦帶莓苔殘磚出草萊聊還三徑曲仍許四窗開入戶飛新燕當軒憶古梅（高梅一株經水已槁）比鄰猶露處相對忍含杯

送廣文羅松崖師之官永淳

十載得依歸春風忽向西滿橋楊柳綠一路鷓鴣啼別酒征衣溼孤帆遠岸低遙知桃李下到日又成蹊

桐城旅舍

一徑入深竹小橋通夕陽杯傾荷葉碧簾捲木樨香歸夢成微醉吟情動晚涼空階誰與對新月映垂楊

水河鋪對雨寄懷鎮卿弟

雲影送秋陰瀟瀟雨乍侵灑空飛鳥盡著樹野烟深久客徒多感新涼益苦吟對床何日事珍重百年心

西于村

軼事傳東國風流憶水濱英雄窮用武造物巧移人茅屋
三家小瓊葩一朵新至今溪石在苔蘚尚含春

寄方鏡塘

君又欲何往三年思見君參差百里內如隔萬重雲淚跡
家寧飽懷才祿未分可憐好毛羽俯首倚雞羣

泊衡州

塔影臥殘陽篷窗入晚涼遥山沈雨氣落月淡波光感事
頻搔首聞歌益斷腸峰高仍過鴈深夜泝瀟湘

抄 抄

登龍門山絶頂 縣北四十里

縱步龍門頂回頭望四空忽驚雲盡下正喜日方中遶邑鄰州雨秋聲獨樹風宣城詩句在試與問蒼穹

聽月亭

深院迴幽徑孤亭出翠微石危如欲墜猿捷却疑飛樹色含殘靄鐘聲下夕暉遙峰天際沒遊子澹忘歸

山高

山高日易曛濃霧半江吞石勢爭灘上濤聲挾岸奔停橈憑雪浪決背出雲根翻笑旁觀者偏多未定魂

抄

早春巖心田招游金蓮菴同左碧溪崔雨屏李芳圃

遊興春增劇交情老益深夢驚啼鳥與芳喜故人尋細草初調馬繁花已映林未須輕返駕清梵出塵心

照容池光淨迎人柳眼青寒消冰井寺詩接朗吟亭磴道迴蛛網松陰墜鶴翎翛然饒靜趣剝啄叩烟扃

試縱登臨步城臨鶴嶺遙山川連百粤鐘鼓認前朝地勝仙會過亭虛月易招峰頭人掩映誰更上冲霄大雄寺銅鼓南漢故物關帝廟藤鼓大明藤峽故物皆在菴前後又沖霄山名即火山

緣徑穿黃竹緋桃出碧巖亂山吟社入諸刹上方通擧

常疑雨春衣但信風斷雲何意緒搖曳大江東菴側有雲林詩社
室小容分榻增閒任上苔爐深留火煖窗曲對花開壘石
雲時吐鈎簾燕忽來平生詩思好今日屬香臺
下界炊烟颭殘陽塔影斜多情猶對酒乘興假為家芋火
頻燒筍松梢共煮茶可憐無玉帶留與後人誇
粉壁誰題句山東第一流相思空十載論定已千秋支許
交同調林泉話舊遊數聲何處笛日暮屋西頭壁有李少鶴刺史詩
袁子才太史詩話謂山東得一人郎刺史也
不道僧雛惡鳴鐘攬醉筵送人孤嶂月回首滿林烟顛倒

抄　抄

鸕鷀杓飄摇鴨觜船頓忘歸路遠夢遶鷲峰前

陪羅松崕師晚過水月閣 閣在藤縣

石磴紅塵斷山門夕照斜登臨隨杖履憑眺入烟霞高樹投歸鳥踈鐘墜落花竹留雲半岫闌倚水三叉妙諦開宗旨元談轉法華竟忘新月上濃淡試僧茶

四月十六日鍾修竹招飲江樓既而泛月更酌席上送丁紫庭之桂林仍次前韻

獨居無計破愁城睡起晴江繞檻清門外忽傳飛棘至鷗邊欣試片帆輕烟籠遠翠低雲影風起重岡遞鶴聲 白鶴岡在

樓西山多白鶴因名高興肯隨斜日盡老來遊宴倍關情林梢忽見水晶盤棹入江天眼界寬長夜特開詩世界此生惟有酒波瀾羽衣吹笛豪猶在畫檝徵歌興未闌遙想七星巖上月不知今後與誰看

長洲春日道中

修竹沿堤蔭白沙春風隨處好年華蜻蜓款款依蘆荻蛺蝶雙雙入菜花瘦樹壓橋當野店破塘穿鴨忽人家憑誰乞我溪邊地欲學青門自種瓜

途次登鍾燮齋秀才林亭

別院迴廊幾曲通開簾山翠上屏風潦添溪漲排高岸濤捲烟梢響半空竹徑雨分新舊綠畫闌鶯囀淺深紅今宵野館青燈裏定有軒窗入夢中

遊浯溪諸勝既題八詩復呈寺中長老

聞道名賢舊蹟留溪邊忽駐木蘭舟十年想望人初到千里登臨雨乍收危磴飛橋穿樹去孤亭曲檻倚雲浮何因得傍幽巖住試把行藏問惠休

同曾繩之明經暇過香荔草堂小酌

乘興同參玉版師小園晴色夜相宜玉杯得酒搖花影紛

壁移燈寫竹枝隔葉螢光時隱現近溪蛙鼓自參差凝情待月忘歸去香霧濛濛濕鬢絲

雄縣道中值生日劉心原學博招飲感賦却寄上查映山給諫師

金臺回望漸雲霄客感離情柳萬條鞭拂黃塵驅瘦馬帽欹殘照上危橋重來索米知何日忽憶懸弧復此朝莫更南飛吹舊曲滿斟磊塊酒難澆

權篆榆社早次小店卻寄省中寅好

幾家紅杏出墻頭曉日初暄露未收草色有無人試馬雲

陰濃淡樹呼鷓夢餘兩耳歌聲繞望八千峰客意愁未到馬陵回白首故鄉真個是并州

晚泊

微風轉輕帆隔岸春陰暝鏁籬漾酒帘隱約孤燈影

新晴

遥峰雲斂曉蒼蒼紅葉千林帶早霜莫向高樓吹玉笛天涯明日又重陽

春晚即事

山雨廉纖送暮寒落花飛絮擁朱欄重簾不捲微中酒自

爇爐烟抱膝看

偶題

敢以微官拂上官檄文嚴重雪霜寒排雲無計號閶闔深夜挑燈忍淚看時縣中偏災詳請借糶屢駁且催提錢糧甚急村村榆柳盡無皮日日孳黎盼拯飢莫向長官重泣訴長官痌瘝亦深知

王　燮

燮字調元臨桂人乾隆三十五年舉人

書王文成公傳後

後世武士輕文臣動言儒者那知兵叉謂講學竟無用空
談紙上誰能行陽明先生起儒士掃蕩狐鼠安神京羣閹
煬竈互排擠謗疑疊起心不驚瞑目趺坐廬山下是眞道
學非沽名一洗萬古腐儒氣方知大勇由書生讀罷匡廬
紀功石掀天揭地垂英聲

三管英靈集卷二十四

福州梁章鉅輯

黃東昀

東昀字晴初靈川人乾隆三十五年舉人有半規山房詩存

捕蝗謠

民生自天天心仁愛蝗亦天生而爲民害五嶺以南古稱山國惟石嶕嶢爾何孳息或飛或躍習習蔽天誰驅爾後誰招爾先蝗不入境往事非誣昔者何智今也何愚

縣志收

仲冬偕朱春岑秋岑小岑遊七星山遍訪巖洞諸勝返憩棲霞寺小飲山亭候月出始歸以雲峰缺處湧冰輪爲韻得五言七首

天晴山適好煙翠霏繽紛雖離市塵近而無囂塵氛重來隔五載人事漸紛棼嘗彼素心友索居惜離羣別久乍相遇兩意饒歡欣又如吻正渴忽聞佳醞芬一杯纔到手未醉意已醺努力探幽勝山林可策勳濟勝况有具風景更無垠樹外一聲磬靄靄生白雲

北斗懸列宿南天標七峰峰峰有異態朵朵青芙蓉天風

吹欲活白日照逾濃我欲據巔上手探瑤樞蹤長空淨如洗厥候惟仲冬仰視但一氣寒碧難爲容時有雙白鳥點破着翠叢嶜然不可說俯聽溪流淙

一水如青瑤循山流曲折石棱露瘦筋霜潭涵清冽宛轉小橋東風光獨勝絶危亭直陂陀雙樹爭巇嶮遇遭圖畫屏獨放一面鉄遠勢收無際萬里起眼𥉂思昔締搆人創意且不描清妙難爲名悠悠付後哲山麓小亭舊無題額朱秋崖欲摘蕪詩不識廬山眞面目只緣身在此山中句補署爲此山亭

攬勝如讀書中廢且足慮竿頭思進步努力戒自恕乍得

懷滿盈進退終失據晴巒森崖壑領略不可遽竟惲礴礴
危須到最高處隨身龍竹杖賴爾將伯助開雲漫相引片
片掠面去泠然清風吹馮虛若可御每到得意時不可持
以語此中饒佳境散髮足箕踞
夕陽下西嶺明月忽東湧初如野燒然一線在高壠漸若
掛紅盆騰上勢何勇冉冉升太虛容光不可壅嗟予與此
山祇光中一蝠沐浴仰素輝弗潔懷深恐微雲足滓穢念
之心彌悚努力保令名山月爭清從
來時日正午潑翠堆層層又看初月上照曜如積冰傳聞

此山裏仙人曾來憑唐鄭冠卿遇日華君月華君于此范石湖有記遺迹不可泯
彷彿喚猶聞青鸞十萬隻掉尾倚楓棱竹林發清籟霜氣
寒不勝彳亍出山去胸懷鬱崚嶒
入山悲不速出山每逡巡豈不畏遲暮青山良可親何當
清淨地又現寶月輪翟靄晚烟裏愈覺山精神勉爲半日
賞足浣十斛塵行且離羣徵漸巳達通津迤邐過橋去猶
有雲沾身羨彼龕中佛擅此山水因幾時結茅屋來與佛
爲鄰平分清淨福便是羲皇人

古意

息險借嘉木飲水趨澄濁隨地可取足何獨爲其難立身有正執義在非可好經訓凛執玉賢心悲素紈臭味化鮑市芳香襲芝蘭誤毋叢于誓心必求所安謝比栁下聖劣質不敢干

洞庭夜泊

湖平如鑑帆檣齊兟兟野氣天維低冬寒水落洲渚出左迴右抱環長堤湘水西來匯巨浸細流曾未遺涔蹄澄之不清淆不濁汪汪詎容尋尺稽蒸雲千里作霖雨能爲天地蘇瘡痍利物之功參造化奚止瀝勺周渴飢日月騰騰

迭沐浴乾坤納納呈端倪昨歲初陰雲出嶰歸舟萬里爭鳴雞瀰漫烟水浩無際忽然寘晦天蒙黳雷電砰訇蛟鼉舞驚濤駭浪神魂迷輕舠泛泛眇一粟長年三老聲悲嘶敢言平生仗忠信中流風返邀神禔片帆安穩剪波去瞬息已到巴陵西今來潦淨沙嶼見頓悟盈虛消息機微風欲拂縠紋動遼空時聽羈鴻啼故鄉今夜渺何處坐對萬里青玻瓈

雙烈歌

明季張獻忠破荊州名惠府樂戶行酒有瓊枝者色藝

絕倫獻忠命之歌曰我雖賤豈肯歌以侑賊耶獻忠乃以刃脅之曰汝技止此耳我不畏死奈何獻忠臠之同時有曼仙者曲意事賊一夕仙置鴆酒中以奉獻忠獻忠心動强令先飲仙知計不行飲盡起而罵曰我之所以不死者特欲爲數萬生靈報仇耳今事不成天也言訖氣絕獻忠支解之徐氏季芳傳其事志乘闕書可惜也

君不聞明季梟賊張黃虎殺人白骨如山堆堂堂守令競納款何如婦女張國維瓊枝籍本蜀惠邸舞衫歌袖悲流

讎歌聲欲聽豈可得恨不手劍屠鯨鯢奮聲罵賊賊眥裂妄計飼犬磔殘尸曼仙亦屬姊妹行入疑白璧污青泥意有所為且忍辱乘機進酖心孔悲胡為彼蒼不悔禍此計無成身首離孱孱二女何慷慨至今生氣凌須眉急死緩死各自異偷生從賊兩不為勿以樂籍泯輕薄當時守土堪長噫彤管闕書誰之過作歌為報南董知

衡陽夜泊

瀟瀟暮雨遶江寒大舸小艑投沙灣漁燈闇淡點遙溆畫角嗚咽吹津關水閣人家正語笑圍爐深夜欣團圞肥冬

佳節詰朝是粮糉楚俗商盤餐遙憶家園小兒女應念阿爺無歡顏年年長至常作客天涯碌碌何時閒平生學道力未至飢寒煎迫憂心肝自笑忙如識候鴈春秋南北無停翰於今又向洛中去嵩山少室煙雲端但使詩囊不貧儉對人長鋏休輕彈

胡書巢觀察以湘管聯吟詩册見寄次韻奉答

人間到處爭華屋雜沓雄飛綠與竹誰折澄懷冷似冰愛聞雅度清如玉汙人難避庾塵紅末契遙憐君子綠一篇詩從山左來清風遠動篔簹谷讀詩可惜未讀畫意闢飛

抄

動琴流目畫師摩詰省前身佳句杜陵收掌錄韻事從知重藝林酸鹹嗜好迥殊俗落落諸君吾未識秋水蒹葭悵一曲幾時欵語接夜闌定許三月不知肉使君相寄意良深玉體如持分許穆

冬至後一日同朱春岑小岑泛舟還珠洞尋海岳外像小岑有詩紀事奉和一章

天生奇士定多癖怡情大抵在山澤不爾荒凉寂寞濱何以留遺求顯跡古人不見心孔悲仰視泬寥情脈脈好事近有朱家季要我訪古同蠟屐昨過長至天陰寒潭清潦

淨江波瘖招招舟子發中流一橈點破琉璃碧到崖罡風
冷徹骨矯首鬚眉見標格冠服尚可辨唐裝題識惜爲蒼
蘚泐不書觀察米元章陋彼長康圖九錫事見蕭閒堂詩叙顛變
此山留此形我變顛形並變石更變朱郎好詩句悵望千
秋應不隔

宿延津

平野風沙淨驅車入廩延燈殘除後夜雪暗客中年荒店
孤吟寂鄉園旅思牽蔡邕碑不見邕常爲酸棗令書撰去思碑懷古更
茫然

抄

將之京師留別梁南田

不住楝花飛旗亭客到稀年華空自謝遊子未能歸又渡桑乾去何堪舊雨違殷勤執手意垂柳共依依

雒容晚泊

晚雲吹欲散微雨報初收江岓偏宜月山城易得秋稻香聞吉語蛩咽動羈愁砧杵家家急西風奈薄遊

長沙

古渡飛黃葉江城靄暮霞千帆收遠浦一棹入長沙賈傅空年少湘纍枉怨嗟惟餘香草在贏得楚人誇

抄

舟行阻雨次朱學曾同年韻

古渡絮雲橫遙波念去程炊烟村舍晚風雨大江平憶弟添新句歸田負舊耕宵寒眠未得振觸十年情

孟冬念八日過棲霞寺小憩山亭

一逕踏紅葉翛然到野亭山宜臨水看泉欲過橋聽斜日千峰紫晴烟數點青晚霞飛不落依約護禪扃

重九旅齋坐雨雜憶成篇

一雨將愁至羈人不耐聽秋從今日老夢想故山青令節心多感孤吟句弗靈旅懷無藉在萸酒且教停

絮雲鄉路遠三百五長亭弱弟愁當戶嬌兒憶過庭年豐猶慮食才短祇橫經佳節天涯裏浮踪笑似萍

中秋前三日劉午亭李松圃小集齋中薄暮過大慈庵次日松圃見示五律一章次和

佳客初來過閒情暢叙幽滿拚清聖酒同醉草堂秋斜日陰檐角涼風到案頭伊人逝不至惆悵詠江鷗時期朱秋岑不至

共向招提去平橋野望幽衆山都倚郭一水最宜秋驟雨來天外濃雲暗隴頭江風渡浩蕩隨意沒沙鷗

行村落間口占

十里巾車穩坡陀接隰原青山黃葉路流水夕陽村牛背寒鴉寂人行乳鵲喧炊煙裊籬落巷靄入黃昏

寄桂堂老人

廿載閒拋九陌塵白頭耆舊太平民近聞自號泰亭老民探梅曉撥鶴亭棹訪俗購歆烏角巾種樹十年知已大著書滿屋未全貧老成凋謝今存幾眼底靈光第一人樊榭浦山諸老近俱下世

登浯溪觀中興頌碑

浯臺攬勝幾回登往事思量嘆撫膺靈武未能稱監國小臣祇合頌中興銀鉤鐵畫風雲護大義微言感慨增坐臥

何餅留十日倩誰爲搨剡溪藤

汴梁雜詠十首之二

金水西風日夜流棗林槐梗不宜秋夕陽鴉散荒村笛畫
角聲飄古戍樓何處酒壚尋李杜此間詞賦重枚鄒浪遊
我亦梁園住潦倒青衫幾許愁
朱叔繡陌綵雲平歌舞梁園舊有名燈火樊樓連曉日上
河錦纜憶清明消閒愛趁厮波唱雜劇爭傳宋嫂羹忍死
牛車北去後夢華空自記東京

晉陽雜詠

菆雜雲山古晉陽地居脊上易蒼涼八陘聯絡屏垣達一
水縈紆帶礪長蟋蟀山樞傳習俗金戈鐵馬幾興亡只今
一統車書日畫角蕭閑九月霜
城濮功成兩髩皤晉材終較楚材多殽陵一戰褫秦魄垂
壁邁歸奈趙何收器猶能知鄭蒐據鞍誰竟棄廉頗千秋
國士橋頭水人俯寒潮嘆逝波
身近河魁賀六渾晉陽開府上公尊河邊羖擫謡方驗汾
上軍書日又繁曲唱無愁聲共和人憐粉鏡手頻捫獵圍
未散周師入空愴涼風九墟魂

楊花落盡李花開都付昆明劫裏灰漫道獨孤眞帳我又傳鸚鵡早飛來太平十二書空上殿腳三千事可哀莫訝河汾饒將相凌烟半是及門才

錦囊負矢颯英姿亞次威名振一時後起猶慚豚犬子當年誰並鬪雞兒山祠龍角延仙李歌奏龜年罷酒巵嘆息三垂岡上淚雄豪畢竟惜哀遲

誰遣龍蛇起陸昏妖祥天意若相存音傳簫鼓祠連水跡肇瓜田輝耀村不信土形知獻媚從來楡石亦能言紛紛割據成何事得失眞同博戲論

靈秀居然山岳鍾文章道義總堪宗彥方恥草穿窬輩君

實名傳竇桼傭心繫房州標大節功收淮蔡蔽元封千秋

金鑑留桑梓誰振芳名紹雅蹤

愛徵佳話劇清新標格何期到婦人有子羞令臣牝主生

兒自識異凡民謂王珪母香蘇蹟倩慈雲護古柏青留孝女辛謂趙氏三女無數秋山螺黛淺至今如見翠眉顰

表裏山河號大藩時移事往詎堪論斜陽冷落王孫草玉

露凋傷桂子園白馬精藍經劫古寶賢名蹟喜今存柳溪

一片蕭蕭月曾照當年火燎原崇善寺即古白馬寺

汾水初來恰晚秋斜陽漫倚郡西樓三邊形勝連雲遠萬國關河放眼遊道左何人吟杕杜并刀不解斷羈愁管寧隱者如相遇應笑星星陸展頭

歲暮懷人 八首之四

建叩洪鐘劇自憐劉棻親見太元編堂前桂樹同公老湖上青山爲執研畢牘浮沈遺俗吏方書珍重製頹年（今春遇又石於長沙得知先生以書一函兩大册子交又石相寄又石轉寄一俗吏至今化爲烏有矣）後生大半都零落鶴髮天留豈偶然（杭堇甫先生）

五馬朱旛領大州二千石是昔諸侯梅花分賦開東閣地

志新編聚勝流書巢剏東昌府志沈椒園觀察雲椒學士爲主其事梓里徵文曾有約前已卯書集在里每以文獻無徵爲言欲做文載詩載之例或以詩文存人或以人存詩文甚盛事也今十四年矣未知倘能記憶否也選樓分集幾時裒書巢常言欲選自漢魏以至本朝詩分爲二集一以聲希味淡爲主十年別僅通宵語今歲二月與晤於恩縣旅次不盡情懸古驛樓胡書巢太守

十載神交託契眞相逢傾蓋鳳城闉年同學力皆前輩貌與文章匪近人下第名傳空復爾落花客散奈何春江東歸臥三冬穩萬卷編摩著述新汪雲谷孝廉今歲三月始晤雲谷於京師下第後贈別詩有名比劉蕡下第傳之句

挾策金門願又違裘茸落盡悵誰依僅存兄弟貧猶別如此年華病未歸鴒行持門憐爾弱讀書學道笑予非年來攻苦知何似莫憚寒燈五夜輝舍弟仲昭

江行即事

久晴江漲落新痕愁外青山擁翠屯一片頑雲初釀雨幾家茅屋自成村地聯荆楚南風競連日阻南風舟不得進天遣神京北斗尊咫尺鄉園盼不到猶吟歧路水烟昏

題江干七樹圖

濠粱山木意翛然過眼雲烟憶昔年傳得鷗波遺法在兼

葭秋雨夢江天

江口夜泊

秋影涵江露氣清蛩吟蛩語可憐生計程南去應千里此是孤舟第一程

滕問海

問海字巨源一字廉齋崇善人乾隆間歲貢生官賓州訓導有梅溪山人詩稿

古意

良玉蘊荆山明珠藏合浦魚目焉能混燕石何堪伍倘

席上珍奇光照庭宇未値卞與隋埋沒誰相許
丹山有異鳥厥名曰鳳凰羽翼錯文繡音節諧宮商騫騰
薄霄漢欲依日月光如何鷦鷯羽自詡搶榆枋
種蘭盈百畹入春轉敷榮素心何芳潔臨風飄遠馨豈無
紫與紅俗豔殊堪憎美人竟不來投贈空含情
吾觀學道人一若無他技淳悶全天眞與道日以邇世人
尙機巧去道日遠矣一日鑿一竅七日渾沌死
結廬深幽處塵事無縈心相依不相違濁酒與素琴高歌
有鬼神無復問賞音白雲遙在天皓月滿東林

吾素自可安榮枯委之命看雲意常閒讀書心無競時借
素心人林泉發清興抗懷謝東山捉身洛生詠

村中書事

信步出柴門無復計所之行行度溪橋纖雨飛如絲遙聞
豆棚下笑語聲嘻嘻叩關求憩息休訝非相知主人出迎
客喜意看雙眉婦子無迴避鄰曲交相窺窗前掃賓榻役
使呼童兒頃焉陳酒漿雜遝蔌與葵獨酌難成醉願翁傾
一巵農桑勞且苦絮絮多言詞爲述神農教爲誦豳風詩
翁乎若有慕嘆息增嗟咨嘆息增嗟咨恨我來何遲

闕七翁將有西林之行長句奉贈名學周永安人官全州訓導

雙眉欲諱愁悲秋殊未已焉言送將歸愁緒尤難理握管賦別詞詞意長於紙君本眉江一華胄根源磐石家聲舊健筆扛龍文雄心能虎繡偉哉壯夫志羈紲曾不受當年負劍出門行東吳西浙北燕京山川風俗供遊歷史公所學尤研精僕也牛馬走骯髒名不稱羞爲絳灌伍願結雷陳盟乙未之長夏竭來麗江濱求友情何篤邂逅忽逢君軒軒舒朝霞爛漫流天眞勲名相激勵書畫同評論幸爲元禮御如飲公瑾醇別後長相憶林烏嗟失羣感君命駕

來盤阿瑤琴鐵笛同高歌南澗觀魚憩濠濮西山躡屐探烟蘿遙指西林動征旆蕭條行李羸驂馱苗疆隔絕兩不見行者居者鬢欲皤酒醒分手紅塵外秋山靉靆浮雲多

夜坐示友人

吾廬吾自愛景物正相宜葉病驚霜早林深得月遲形骸眞放浪絲竹亦支離何以酬良夜淸談集故知

秋夜偶成

客去齋彌靜燈殘夜已深寒威侵短褐秋色感閒心葉落知霜重窗幽覺月沈金爐餘宿火兀坐自孤吟

抄

思州官署與李向顏夜話

自有懷中錦曾無筆底塵篇章追古者飄泊老斯人新作登樓賦重爲入幕賓嗟余同落魄款語不嫌頻

即事

樵牧返柴荆身閒幽興生降巒呈晚色竹樹作秋聲歸鵲乘風疾寒蛩泣露清鄰翁攜幼稚指點月華明

村居

東就琴書一騎馱漸離城郭入烟蘿聿來胥宇非能已無以爲家可奈何饘粥未妨甘自缺交遊每喜牧樵過伯鸞

自有同心婦裙布釵荆笑語和

爛漫天眞懷葛民相逢無怨復無恩情游物外貧仍樂瓢
掛巢間響亦煩喜對峰巒當襲牖愁聞裘馬叩衡門絶交
論爲何人著三徑蕭蕭菊尚存

九日獨游蒼葛洞

獨向蕭辰上翠微寒花瘦竹淡相依一尊醽醁香初烈萬
谷笙鐘曲未希雲路冥鴻霄漢迥野田黃雀稻粱肥龍山
戲馬空陳迹老去悲秋對晚暉

病起登子母山禪室

愛山扶杖叩山門猶是維摩一病身節序已過重九日舊交相慶再來人枯萍沾塊秋光晚野菊依牆物色新習氣未除清興在支頤覓句倚精神

春日詣薝蔔洞示照光

愛山扶杖入山來山勢嶒崚淑氣回春水波平連岸綠小桃花重壓簷開巖阿自適林和靖瓶鉢相依老辨才爲語禪關好扃閉肯教遊屐損新苔

郴州謁劉賢良祠

司戶祠堂今尚存瓣香泥首弔忠魂若教科第與風漢甘

露應無異日甕

文章氣節較低昂直道英風日月光每怪蕉黃兼荔子柳
人惟進柳侯堂

三月十四日南郭外遊李郡伯偶成

小桃結子柳飛綿竹樹扶疎響杜鵑不爲肩輿來郭外尚
疑春色自嫣然

勒馬江

長橋橫亘接平沙流水涓涓長荻芽五六人家臨斷岸李
花掩映碧桃花

三管英靈集卷二十五

福州梁章鉅輯

朱依魯

依魯字篠亭臨桂人乾隆三十六年進士官鴻臚寺卿

龍坪夜暴

狂飈困五日淡晴繞一朝移舟依別浦夜黑江迢迢有風西北來初聞漲海潮電光忽一閃收雷發餘驕憑舷話未已颯颯攢飛鎬直疑河漢坼神怪紛竄逃人馬爭仄徑犇

逢金死交山嶽各破碎衆竅齊一號漫不解所起暴急天
難包魚鱉觸船頭船側學魚跳速掩耳目坐篷板颶驚濤
首足自顛倒如芥浮堂坳纍纜卧古榔力盡與浪鏖信此
乃天厄豈人所搆撓我既兩其足而不傅之毛衆生同汨
沒赤血殺蓬蒿使有二頃田吾行非好勞卿睇但無語雨
停風暫消

錢南園同年許作五馬圖見贈詩以促之

南園愛畫尤愛馬蕭應神奇筆未下當年乘傳走看花萬
里雲蹤那堪駕軟紅香裏日驅車立仗隨行慘莫舒篠庭

素壁不受涴酒闌感激憑君書君言韓幹龍骨十四匹吳興八駿神超逸今爲畫馬五其數但願爲長二千石君乎君乎秋霜入骨難支持長林風冷含酸嘶君能作畫乃作識吾將犖犖以待之

夜起

猶作劉琨舞鷄鳴夜未央四方清籟寂一夜野花香遠瀨鳴羇枕殘星沒女牆余懷天渺渺孤劍欲吟霜

棄筆

汝銳吾心苦吾安汝髮衰不應隨達道惟解著窮詞投畀

清江水長風萬里吹會逢春漲暖還有著花時

舟中不寐

久客宦情薄多愁憂夜長月中蟲聒響雨後燭含光舊客重遊路先秋借晚涼菰蒲蕭瑟意疑是臥瀟湘

漂母祠

一飯尋常事千秋俎豆存婦人羞我報國士豈忘恩鳥盡風喧樹淮清月到門於今釣臺畔猶恐失王孫

舟中曉起

欸乃驅殘夢推篷入亂山村饑烟未起帆飽雁爭還瀲瀲

清波遠蕭蕭落葉殷吾生嗟泛梗低首白鷗閑

秋懷雜詩四首

魚藻門邊不見秋海珠石上木棉稠樵歌誰辨朱翁子蔦
隨方思馬少遊合浦賣珠無後計曹溪酌水認香流坳堂
一芥原安穩磨左何容蟻右投
江城雨過蝍魚腥拖珥波流映屋青夜鵲無依飛向月風
螢自照散于星淵明酒或從人飲子美詩多憶弟聽敢戀
此邦騰寶氣刺船空見海冥冥
一葉辭柯樹影疎天涯孤客意何如清商送響燈殘後急

雨飛涼夢斷初惟恐心罔哀鷸蚌故求詩好注蟲魚艱難
未暇歌行路西笑滄浪有舊居
蕭齋面壁坐如年指點憑高九點煙蠶老出絲空自縛鶴
涼警露不成眠故交枉託當歸贈浮世眞猶苦李全若問
安心向摩詰無人安處更無禪

遂寧除夕

忽忽他鄉又一年看人兒女轉淒然一身萬里孤燈照八
口三春雨地懸小草回青欺泛梗亂禽送語問歸船西川
風物悲遊客又見耕稷出早田

病中憶崇效寺花

暖透香塵綠未肥看花古寺夢依稀無情枝葉開閒院多病心懷怨落暉蜂蝶不須對鏡舞壺觴可奈與春違空齋習靜生機滿也勝曾遊興盡歸

遊陶然亭次潘岐厓庶常韻

打麥香清颸遠風菰蒲森綠逕微通登臨忽漫勾詩興一桁西山畫幀中

龍其襄

其襄字贊臣一字忍堂賀縣人乾隆三十六年舉人

官山西天鎮縣知縣著在桂莊心在二卷

所思

良禽欣有託倚士實其名名韁馳萬里前路重逢迎聊復借枝棲雅懷振嚶鳴隻身對孤影異地無同聲過客春光度流年夏木榮消閒自舒眺看花眼獨明衆綠映紅榴照我不勝情匪我空腸熱共君結衷誠君逐雞羣鶴我擷草間英賦命何厚薄知遇由前生忘形且畧分相愛如弟兄君當惠然來羽翼得雙成

松

一掃塵氛淨貞心逈不同鱗光寒帶月鶴韻靜迴風老幹參天古浮華過眼空悠悠茲閱歲相對玉玲瓏

竹

此君方健在賞識直寒深趣冷添幽意中虛契素心疎枝低檻外積月透庭陰無限飄零感優游羨入林

疊前韻簡陳鐵瑩同年

與君同抱別離愁萬里擔囊滯朔幽寒月帶霜光愈淡輕塵點雪垂難浮典衣未了杜陵債懷土漫登王粲樓華國文章有司命相逢無路識荆州

石讚韶

讚韶字儀亭義寧人乾隆三十六年舉人官同知

讀韋盧詩次其集中韻還寄李松圃郎中

性癖耽佳句天機動微吟長松修竹閟塵滓無由侵涼風木葉下皓月前除臨洽洽太古意聲在無絃琴詩情澹如此陶謝宜知心 耽吟

最得安心法心閑樂有餘不營身外物常對篋中書竹影清移檻風聲靜滿廬知希甘守寂門外少停車 咏閑

風月泝江流圖殘赤壁舟山川今勝蹟烽火舊雄州載酒

頻遊賞吹簫更唱酬臨皋歸夢遠浪跡歎浮鷗東坡赤壁圖

之永康任留別雷塘

年時豪氣漸消磨垂老心情感慨多自領冰銜縻廪食愧無赤手挽江河長年苜蓿甘滋味三徑蓬蒿足嘯歌最是白頭虛捧檄羨君采菽傲烟蘿

舟過十八灘

黄公灘易名惶恐舊名黄公灘東坡易名惶恐十八灘頭一葉篷坡老早年諳此意不應身涉浪花風

周　琢

琢字净淩臨桂人乾隆三十七年進士官甘肅高臺縣知縣

九日與諸同學遊穿巖

挈侶來山中林巒滿秋色憑眺一何幽巉巖遂攖剔嵌空詫玲瓏面面仰天日鍾乳瞥垂旒空螺盤絕壁有骨古且堅云是蛟龍跡想當天地初洪濤自衝激茲山本泥沙蕩漾斯累積感茲慨身世萬事幻如奕對酒且高歌醉臥枕盤石帶月詠歸來泠然露光滴

西河曉發

山城初發棹沙岸尚籠烟江曲峰徐轉舟移塔倒懸曉風
松裏淚殘月水中天無限芳春意輕鷗幾個眠

登盤固山

眺遠憑仙閣凌空萬象收山隨青迴合水帶綠陰浮古木
生虛籟閒雲點素秋放懷天地闊日暮醉高邱

青嵐山雪夜

雨餘殘雪在策馬動清吟破夢詩猶續祛寒酒自斟青山
回首變白屋隱雲深何處成高臥悠然靜者心

九月遊月牙泉

公餘乘興且優游檻外閒雲點素秋老我一官仍出塞懷人萬里憶登樓晴天欲捲黃山合淡月初臨碧沼浮笑把茱萸看不厭年來霜雪已盈頭

虎頭門海口

客路迢迢粵嶠東片帆遙阻石尤風虎頭浪拍江天碧龍背雲翻海日紅島嶼諸天歸控制梯航萬國慶來同炎荒竟有恬熙象爲羨重洋貨貝通

秋日送張春溪叅軍入蜀

舉世何人白眼看匆匆羽檄召登壇秋風匹馬征衣薄石

棧天梯蜀道難將毋那堪卿夢渺從軍惟有寸心丹何當
劍閣銘勳日笳鼓歸來滿座歡

過六盤山

征車度隴夕陽西萬疊峰巒望欲迷路繞雲根翻地軸人
從木杪下天梯窮邊此際通商旅舊壘當年憶鼓鼙最喜
巖疆雞犬靜羌戎重譯貢琛齊（時伯克堪布相繼入貢車馬絡繹）

出嘉峪關

十年薄宦遍秦西又向西陲趁馬蹄回首玉關家萬里風
沙從此倍凄凄

唐國玉

國玉字瑞節一字竹峡灌陽人乾隆三十五年舉人官陜西延安縣知縣有澹靜軒草

對菊

一官咸白首三徑菊猶存遠宦得歸里老親方倚門掇英持上壽搖帽戲諸孫會會悠然意忘言對酒尊

馮紹業

紹業字而安一字瓶菴宣化人乾隆三十九年舉人

甲辰除夕夜泊龍床

寒燈明雪舫同權泊龍床光景一年盡情懷此夜長祭詩山鬼笑洗盞蜥梅香那及鄉園醉歡呼滿草堂

周瓊

瓊字芝田臨桂人乾隆四十年進士官詹事府司經局洗馬

大雨新霽騾路瀰漫泛舟入安宿

連朝霪雨集溝澮汎成河路入虹橋絕人依碧澗多一杭隨柳度十里趁晴過惆悵斜陽下征程可奈何

過圓津菴小憩延綠亭

土淨纖塵絕亭虛衆綠圍濃陰消溽暑冷翠上羅衣煮茗僧燒葉論詩客欸扉琳瑯輝滿壁誰是得依歸

七月十八同邵海圖銓部宿港口司署海圖爲正考官

駟署荒涼置彈丸拂塵小住入層巒幽蛩野樹吟秋寂銀燭清尊語夜闌卿月共隨三楚路使星遙指五雲端皇華載道征軺亟警枕勞人敢宴安

九月十五夜行卽事

長堤衰柳故依依夜半清光徹四圍落葉滿郊連月掃寒鴉幾樹破霜飛村前社鼓燒香去橋上風燈驚食歸僕僕

星軺猶索句侵人薄霧透征衣

恭和

御製千叟宴詩元韻爲臣父紀　恩

皇都歲首報春妍喜入春臺拜

寵筵

恩宴重於　恩榜日杖

朝下及杖鄉年臣父於壬申恩科鄉會聯捷畫堂茅屋流膏徧是日恩賚特厚臣父蒙賞　御製詩如意壽杖貂皮緞綢紗綾荷包帶鈎盤椀諸物

北闕南陔祝壽延耆叟三千

天上會洪崖猶恐未齊肩

寶蓮寺和盧太守題壁韻

翠柏森森徑轉幽霜姿雪幹幾經秋清風半榻琴三弄輸
與僧家得自由

僕僕經旬未作詩一庭寒碧動人思著苔滿地塵難到赤
日當空午不知

七夕應山道中

曝衣偶向稻花風佳節多逢道路中此際天河人共望鵲
橋未許碧烟籠

吳道萱

道萱字霽堂横州人乾隆四十年進士官福建仙遊縣知縣

采蓮曲

采蓮復采蓮蓮葉作衣穿待歸與郎看免郎妒紅顏采蓮須采子蓮子中心苦蓮苦有儂知儂心向誰吐郎身似蓮梗儂心似蓮絲蓮梗隨飄轉蓮絲無盡時

海棠

海棠花欲盡我來何其遲託根在牆陰游人那得知飛紅

委滿地想見全開時攀條數殘蕊俯仰有餘思幽姿處窮巷寂寞安敢辭有美鬱不彰吾獨懷吁嘻

舟行

空江一舟過四面無人語但聞兩岸側蟲聲如飛雨遶灘吼蛟龍近灘列豺虎蕭蕭森深林閃閃出陰炬蒼茫前路黑今宵宿何處此時憶庭闈背燈淚如注

山行

疲驢上危坡一俯復一仰磊磊石骨碎戛戛驢足響犖确紛逶迤孤磴自下上回頭望平皋夜氣何莽蒼經旬事鞅

驕歷碌苦塵網焉得守卑棲悠然結幽想

登金山寺用坡公自金山放船至焦山韻

大江浩浩日夜犇欲挾坤維入東海海門幸有山鎮之祇柱中流屹長在金山三十六陂陀黿鼉窟外軒大波一重一掩何代鑿眈眈樓觀何其多我來偶停山下楫波光蕩漾浴海日焦山一抹如微雲甘露上方絢丹赤須臾僕從各肅魄潮頭隱隱江豚黑斷虹倒影滅復明緇徒惶惑山鬼驚此中實氣人莫識或有羣靈護神物坡公玉帶鎮山愧我徒如山石頑坡公誓水豈得已愧我長爲出山水

江郎石

地以江郎著靈山自昔傳削成三片石插入九重天仙掌擎初日丹爐裊宿煙我來殷仰止何日陟層巔

仙霞嶺

峻嶺長空挂仙霞古道長星分牛女度地判浙閩疆雲氣穿松徑泉聲落石牀雄關極形勝懷古獨蒼茫

水仙花

遮莫仙人萼綠華凌波縹緲水爲家早從香國偷春色獨抱冰心鬪雪花無語解投漢皋珮多情猶憶越溪紗生涯

未許江緯老最是瑤簪插鬢華

讀白太傅詩

恬淡心懷諷諭詞豈因名位重當時能開一代風流局獨擅三唐蘊藉詩半世苔岑聯夢得兩軍旗鼓敵微之杭州山水蘇州月幾許閒情唱柳枝

漁溪旅店

莫景蒼茫一望收雲山客思正悠悠寒砧聲裏人敲枕落葉風前客倚樓逝水年華初薄宦懷人情緒更悲秋誰知今夜長安月一樣清光照遠愁

社日

社鼓鼕鼕社酒酣賽神郵北又郵南人逢樂歲猶祈穀雨到濃春好浴蠶一派笑聲穿古櫟雙挑果實壓深籃獨憐燕子營新壘頻向朱門語再三

清明

萋萋芳草緑鋪茵一帶烟嵐潑眼新陌上踏青金勒馬花間拾翠玉樓人鄉情已隔五年閱詩思重逢三月春寄語朋簪休浪擲淡雲微雨看花辰

龍振河

振河字雷塘馬平人乾隆間拔貢生官恭城縣教諭

著雷塘詩草

題李少鶴遊衡山圖

衡嶽峙南天上有通天路卓哉高不極下界生雲霧鶴翁東海來徑到祝融住相逢古洞人恍與前身遇揮麈臨磵泉神照應如故何當攜孤笻同向天門度

酒瓶

物聚於所好寶愛自古賢我尠辨古識惟求利用便日昨步西巷有瓶列市廛買歸供淨几頗費杖頭錢虞山許慕

漁博物資畫禪云是王子久醉擲湖橋邊遺圖距可稽沉
埋三百年近日獲之者挿花恒新妍吁嗟古人往遺器多
流遷豈意畫師靈至是猶一宜我素晴丹青灑翰諒亦慳
頗有餟醽好貯以免瘠酸白髮老吳儂沽不惜十千飲我
於鶴盧如鯨吸百川撫瓶醉而笑笑爾形何圓倘合供清
廟聲重華鼎鐫夏瑚與商璉同列先匭籩不然如魯壺羅
列公侯前主賓獻酬酢光彩增瓊筵胡為生不偶淪落久
舍旃今為醉者得昔為醉者捐顛倒究何濟空結糟邱緣

古樹

塵刼經過勁節存藤纏蘿附石為根雲中骨幹凝苔蘚澗底松杉半子孫在野自應無用老摩天難以不材論遭逢哲匠知何日笑倚蒼崖夕照昏

周士鵠

士鵠字聯九崇善人乾隆間諸生

和滕巨源春末遣悶

紫燕成巢不擇扉感懷何必問從違綠波乍長雨初霽春服既成寒未歸啼血杜鵑聲漸遠綻紅梅子雨添肥憑君示我消愁法一醉忘情是與非

石持安

持安字玉剛藤縣人乾隆間布衣

暮歸

林壑暝生雲煙村暮微雨羣鷄爭棲塒勞人望環堵妻兒憫我悴候門接鋤斧賤貧不自力衣食安所取隔墻感隣人嘆息將酒餔夜來盡一醉無夢到州府

黃濤

濤字濟川一字觀海上林人乾隆間歲貢生官永福縣訓導

抄

鳳巢山謁王狀元祠

策杖登臨最上頭當年書室儼然留文章聲價能千古祠宇荒涼寄一邱落葉依階寒霧聚鳴蟬隱樹夕陽收看看東嶺生新月應有神歸自象州公知象州有惠政人祀名宦

潘玉書

玉書字　武緣人乾隆間貢生

田家

久想桑榆樂耕鋤自往還雞聲鄰屋外新酒杏花間有水田園活無風草木閑竹窗春夢覺聽雨過南山

漁翁

但得江湖樂垂竿過白頭三更蘆荻月一葉海天秋伴釣常招鶴傾杯喜侶鷗武陵原有路無意泛中流

送別

歸舟遠放百花潭萬里行人酒半酣綠纜斜穿楊柳外早牽離恨過江南

張學敏

學敏字士叔一字雲衢武緣人乾隆間歲貢生官賀縣訓導

擬田家

半畝棲遲地桑麻護短垣簷楹臨稼圃阡陌向柴門薄有山林趣而無市井喧時逢耕作候婦女力郊原

黄景曾

景曾字　武緣人乾隆間貢生

秋日過羅波龍窟

羅波江上水秋半夕潮平返照搖荒寺寒烟起廢城匣中窟宅幻象外漢霄橫豈合蟠龍隱曾當鼓浪行

黄晨

晨字子省又字淡軒桂平諸生

秋蘭

空谷無人宛轉歌不應芳草在烟蘿涉江欲採芙蓉去未必西風澤畔多

黄琮

琮字宗玉容縣諸生有沽月山房小集

望都嶠

雲頭望不盡高似華山峯有樹懸蒼崒知誰在碧空路從天際落目到日邊窮擬辦登臨屐層崖訪葛翁

山曉

聞鳥纔知曉開門便見山松篁傍居靜猿鶴伴人閑斷澗迴溪路殘霞鎖洞關家童知主興攜酒候花間

王作新

作新字景武又字梅菴容縣諸生有水竹莊詩稿

仙橋

秋崖人跡少啼鳥數聲聞日落澗將暝滿溪多白雲

抄

三管英靈集卷二十六

福州梁章鉅輯

周維壇

維壇字樹之臨桂人乾隆五十二年進士官翰林院檢討

讀龍隱巖黨人碑

我昔攬勝灕水東層巖隱隱若卧龍中有一碑屹然立宋代黨籍留遺蹤疑是神靈相呵護鎮壓蠻粤光熊熊我爾元祐七百載太息羣賢一網空奸相蔡京親秉筆罔誣更

甚王荆公三百餘人首司馬其間亦有奸與忠鄙哉曾布士良等爭言紹述惑徽宗雖然名列黨人內一薰一蕕豈盡同所貴讀史有卓識論古莫爲古人蒙安民不忍鐫姓氏直聲千古傳無窮捫石摹搨讀未竟風雷倏忽生其中登高大呼潛龍起不覺吐氣爲長虹

冬日書懷用工部秋興八首韻

策馬衝寒出桂林霜嚴草木鬱森森江干料峭餘殘雪樹色葱蘢接曉陰三十年來成底事七千里外寄遥心征人暫把離情釋何處驚聞暮夜砧

暖意烘窗日影斜奔蚍虛度好年華蓬萊此日隨仙境星
斗何時返漢槎紫氣騰霄懷故劍寒雲遠塞聽清笳閑來
苦乏尋梅處只愛吟詩六出花
迢迢銀漢借餘暉入直天門仰紫微轉律方看杓北指先
時早覺鴈南飛門閭倚罷偏難慰岵屺瞻來未忍違漫說
文章堪報國平生志不在輕肥
世事眞如一局棋紛紜得失那堪悲命宮磨蝎雖多厄藥
店飛龍且耐時有弟遠方增夢想離家何事獨棲遲池塘
草綠情多切鄉國遙傳兩地思

薊門八景接西山前另凌寒縹渺間木落水枯鷹獨悟峯青雲白總相關康成經學原宗漢師古圖書好註顏文史漫誇能足用趨公鹿鹿趾隨班

驚心鼓角五更頭風雨飄零又一秋化蝶忽醒孤枕夢哀鴻獨叫異鄉愁塵中寥落誰青眼老去心情似白鷗檢點故衫猶在篋數行涕淚灑江州

磨磚曾費十年功釋褐朝班戒熱中萬卷藏書仙吏隱百年喬木舊家風無能但矢冰心潔觸興閒吟燭影紅莫問浮雲身外事放懷獨愛信天翁

春陰瓊島轉逶迤勝景何殊入美陂對月自搖疎竹影耐寒不老古松枝冷官倍覺心恬退流俗須防腳轉移吟望草堂渾未已起看雲向九天垂

王鐙

鐙字東巖臨桂人乾隆四十三年進士官直隸保坻縣知縣有拾餘草

李兆元中州觚餘云王東巖著有拾餘草罷官後流寓保陽無力付梓朱韞山以其殘稿一卷見示其中佳句如偶宿郵舍云比戶聞香皆杜酒到門無處不桃花絕有風致又題徐西齋學博小照云蒹葭秋水無人跡自寫瀟湘入畫圖雖晚唐亦不過是矣

漫興

胸中有邱壑隨處皆林泉一椽適吾願朝夕相流連春風到林薄桃李麗以妍榮華會有時摇落如轉旋不見澗底松鬱鬱無變遷豈以挺異姿遂承雨露偏草木有本性人生葆自然曠懷觀物情願各全其天

釣魚

閱世日以深束躬日以約閉戶養安恬智巧不敢作春雨天上來萬彙各有託小池水初融曲岸魚作躍忽思把釣竿隨意披短箬垂綸就其深堅坐若冥索得失本兩忘動

靜俱可樂聊以杜德機豈計充鼎鑊好爲祝鯉鲂賜鱎鳳所薄

贈陳瑚海

讀餘萬卷書行到萬里路挂我九節筇壓倒三都賦先生卓犖材百頭想汪度十載試棘院而不獲一遇因之肆游歷八荒攬奇趣浩氣吐虹霓深心納豪素譬彼荆門道蒼莽千山赴又如黃河水一瀉不得住吁嗟才如此乃竟阨奇數古人亦有言不朽急當務先生不急名名遺實已裕未負十年心莫訝讀書誤

東窨嶺

行行白皮關望望東窨嶺筍輿忽掀簸齟齬石履梗上若登雲梯下若搧深井瓢搖幾欲墜俯仰賴修緶（肩輿上下俱用長纜）沿山方透迤豐碑壓人頂摩挲韓侯字功業尚彪炳顧茲險隘區爲侯發深省左車計苟行奇謀豈能遑所以成敗間此中有天幸過此徑稍夷漸喜喘息定巍巍雉堞環簇簇花封影回頭記層巔坦途且休騁

岳陽樓

歸帆萬里獨登樓。小憩還悲宋玉秋。落拓江湖雙敝屣。浮

抄

洸天地一泓鷗盪胸遠水來雲夢到眼雄城過岳州帝子
仙翁俱寂寂空餘斑竹滿芳洲

滕王閣

不因作賦文章麗誰識臨江傑閣殊千載高名歸孺子一
時大雅振洪都眼前流水空今古檻外仙帆定有無我欲
乘風霄漢去百花洲畔寄雙鳧

堯山寺贈無礙上人

洗鉢空山百慮捐蒲團靜結此生緣夜深留住雲同榻屋
破分看瀑送泉採藥行來花撲袂荷鋤歸去月盈肩茶經

讀罷鐘聲歇風雨關門自在眠

甲寅春日歸家作

買得歸舟巳浹旬一裝初卸客途塵子規聲裏三湘月芳草洲前五嶺春風雨敝廬甦倦鳥松楸荒土戀先人高秋又欲揚帆去總爲浮名誤此身

西湖口占

湖光如鏡畫難成不負千秋西子名載酒飛來峰下望淡粧濃抹總關情

吾鄉亦有佳山水秀甲寰區自昔傳不見畫船載歌舞驂

鶯只許挾飛仙

釣臺

釣臺原爲逃名計豈料名翻借此留若悟後人多擬議當年應悔著羊裘

朱沅

沅字芷亭臨桂人乾隆四十二年舉人官陸川縣教諭

舟行見鴈

嶺南人萬里獨覺鴈來稀見爾應如舊思鄉欲共飛遥依帆影度忍與客心違不過衡陽地何因寄信歸

偶感所見二首

愁絶傷心地柴門靜不開閒看秋菊冷恍對舊人來腸斷
詩千首魂消土一坏蕭條風雨夜顧影重低徊

昔別閨中恨今來客裡愁未通泉路夢空愴舊粧樓鉛淚
何時減蠶絲到死休天涯嘆遲暮底事為淹留

立秋前一日夜作

殘月微雲暑未收青燈偏照異鄉樓放懷天地離憂減作
客關河歲月遒南浦十年常寂寞西風五夜自颼飅曉來
試向深林望應有梧桐報早秋

重陽前一日夜感

孤燈獨對正思家旅鴈驚秋影自斜遠夢無緣飛故里重陽何地覓黄花友經別後知誰健我獨淹留感歲華明日龍山應在望且攜樽酒醉天涯

寄懐戴曙亭先生

江風揺落暮天寒別後南亭淚未乾舟向柳江開一葉夢迴灘水阻千灘客中有句須分和嶺上探梅只獨看此去應知吟屐健因風爲報竹平安

送桂水十弟之陽朔書舍

片帆又掛水東流直到榕關望不休江柳未曾經我折嶺猿常恐爲君愁長吟高閣花千樹强酌離亭酒一甌落拓更無相識問鄉園依舊悵淹留

雨夜感懷

一燈常此伴天涯風雨瀟瀟鴈陣斜旅夜驚回無限夢故園落剩幾多花一函未報經年信萬里難通泛海槎我本欲歸歸不得空聽枝上亂啼鴉

題松桂堂誌別

寒天旅館獨沈吟遠眺烟雲擁樹林半載家居十載客一

抄

年情事百年心酒從醒後魂先斷花欲殘時感更深豈謂
風塵無物色燕臺買駿尚千金

獅子巖避熱 全州

幽巖含潤草萋萋別有清風漾小溪百畝江田三面水數
家茅屋一聲雞石牀倒坐敲棋冷溪竹斜緣把釣低客裏
又驚秋信到青蒲緑葦好留題

題文煥堂松

新江悵別雨霏霏此地喬松稍覺稀疎影獨留饒夜月清
陰猶在護荊扉林間鳥語情偏逸檻外濤聲與欲飛借問

霜餘鱗甲老風前待鶴幾時歸

陳兆熙

兆熙字夔魚臨桂人蘭森子乾隆四十二年舉人官
貴州銅仁府知府

不寐聞雨喜賦

一枕何曾穩心憂旱不眠官原清似水民以食爲天忽見
雲如墨欣聞雨注泉好教涓滴意及早起枯田

關煐

煐字奈原臨桂人乾隆四十二年舉人官蒼梧縣教諭

苧羅村

苧羅村裏春無主。石上猶多浣紗女。兩岸桑桑鳩婦啼。一行垂柳流鶯語。山花含笑欲迎人。盡是東鄉强效顰。佳人自古原難再。開過梅花不是春。

晚秋

落木蕭蕭霜滿林。偏多秋思晚來深。西風亂戰藤蘿影。夜雨頻添蟋蟀吟。紅葉聲多還悵望。黃花英少倦登臨。閒情濁酒憑消遣。莫使星星老鬢侵。

石上苔

抄

卷石卧幽砌水衣籠瘦骨小庭春雨深盎盎長新綠

黃毓瓆

毓瓆字彥伯臨桂人乾隆四十二年舉人官平魯縣知縣

侯山 臨桂

玆山千餘仞天削金芙蓉下與地軸裂上與天門通積石若奔雲殊狀不可窮連山湧波滙百里青濛濛長松徑百尺倒掛雲烟中天風颯然至清響萬壑同矗矗金鈎崿寒嵐日夕封仙人騎白鹿侍立雙玉童手持紫鸞笙飄飄下

碧空疑是王子晉千載迴高蹤崇巒雖云險觀奇盪我胸
何當御風行於此巢雲松

再至溪上

碧水侵孤村白雲生芳渚田家屋如舟歷落眞可數短簷
積雨穿破壁輕蘿補豈是桃花源風俗獨太古林籟響清
風彷彿幽人語野禽久不驚相歡鳴其侶旖旎照毛衣昂
藏舒翅股平生狎鷗鷺此物皆吾與況作天涯人清緣久
未賭愁心掃千疊佳興詩一鼓重來更疎放袒臂消殘暑
他年採藥遊高風繼王許

垂棘山懷古

垂棘千餘仞太行之苗裔青蒼壓古鎮偃蹇嵩遶勢曲徑穿松篁輕煙引蘿薜樓臺枕山腹可以窮傲睨時維豔陽天風物媚新霽野花逞工巧彩鳥炫毛毳丹川如帶橫鴨綠泛溶漪有時微風作一頃韡紋細徫徉一古洞神物司啟閉當年產奇珍光價逾火齊遂令晉君臣得飽虎狼噬地固不愛寶胡為資貪戾零落璧安歸蒼茫運屢遞殘碣蝕雨風霸業感興替冉冉夕陽頹清猿嘯林際

入湘口

秋江渺濶明玻瓈秋風蕭颯生江隄楫輕欲趁斜風燕帆峭半拂橫空霓舟行如此頗快意倏忽百里湘江西三年不過湘江道江神怪我形容槁萬里萍梗任飄零一卷秋蟲寫懷抱江邊山樹青濛濛此江近與灘江通歸魂先已寄胥夔音信無事勞征鴻流霞杯前酌賢酒長風沙頭看我友且聽王郎醉後歌莫笑原思貧見肘江神幸勿驚我頭佇看風塵又奔走

崇安寺

光狠三月天猶寒深烟漠漠生層巒柳芽初萌桃初蕚治

遊未許春光鬭山巔一寺雄且傑氣象壓破青巑岏古陵樓高高霄漢下瞰平疇若匹段仙幢一朵綠雲迎山城半角明霞斷空院對立兩三松鱗甲錯落垂蒼龍長天無風枝自響洪波噴激聲洶洶漫向禪關狎鸛鶴閒倚迴闌看花藥尋幽不覺夕陽曛澆愁寧嫌酒味薄敲彼柳瘦瓢岸我漉酒巾四大五蘊總非真不若苦勸拋青春深杯三百詩通神行歌傲睨旁無人青苔踏裂從僧嗔

野舘

野舘羈棲寂以閒傲然獨徃玩碧山千山山樹綠如髮下

有孤水依山環沙邊小憩得安妥放浪形骸無不可此中真趣知者誰白鷺聯拳立向我白鷺白鷺兩相猜遲爾明日復飛來

言情

西來不覺露華新小院疎簾落拓身永夜一燈南國夢繫心萬里北堂人仙舟竊自依司隸觴酒何年進伯仁但願芳庭萱草色年年深秀對松筠

正月二日至高要贈陳明府春宇

春風送客來端水道故還看百里才長鋏久知憐我壯扁

舟今又與君來江連巨海靈湖立山擁孤城羣嶂開稍待河陽花發後朝朝郭外踏青苔

陳蔓松

蔓松字青友臨桂人乾隆四十二年舉人官湖南知縣

柳江書院小集分賦得亭字

羅池池畔柑香亭此地今朝小聚星差喜客途不冷落所嗟古跡多凋零華顛慘綠忘賓主雄辨清談兼醉醒莫笑游蹤無定所他鄉幾輩眼同青

重陽日山行

秋氣蕭森落木中斜風片片雨濛濛登高佳節欣無負身在龍山第幾峯

零落前村幾戶貧茆檐繩戶自安身雖然不免妻孥累勝我空山冒雨人

陽瑞之

瑞之字秀峯臨桂人乾隆四十二年舉人官江蘇高淳縣知縣

自然菴小泊

炎熇方鬱蒸扁舟更局臨振衣上翠微洗眼大千界遠山列畫屏近水淨坳芥徙倚却歸來片帆已高挂

雷濟之

濟之字恕齋宣化人乾隆四十二年舉人有恕齋集

古風

少登青秀山松風卷翠濤激發萬古思閶闔成一朝聖經贊乾元資始無偏撓見大心乃泰因之滌塵囂努力赴修途道遠敢云勞

析木爲天津銀漢豈無梁閣修數十載未覩君子光君子

有虞居美人蘭佩香嘉卉誠兒珍馥郁森滿堂淑身乃達
此覩履何由臧常恐山棊姿悠悠埋瘴鄉

過河陽有懷李臨淮中潬之戰

黃河曲岸見河陽驚風慘淡雲飛揚豫南冀北此分界中
間一水何洋洋古驛一程逼京洛夾持拱衛爲巖疆憶昔
唐師圍相州軍容都統九諸侯大風崩潰若鳥散天意不
順人所謀思明乘勝意氣驕目中似欲無司徒十萬狼貆
來角力孤城援絕何危乎壯哉司徒真果毅臨敵不玩亦
不畏出奇制勝神無窮好整以暇勇而智鞾中匕首淬如

霸國之三公誓必亡紅旗三颭鼓聲急萬馬入陣狠驅羊思明膽落氣消阻從此不敢窺關輔虎豹在山狐貍藏將軍誠乃國禦侮唐室再造如斯人論功堪與汾陽倫我來弔古問遺壘年代茫茫誰辨眞折戟沉沙亦浪語惟有英風震古今

內書堂

宣德間作以教諸小內侍者選翰林以爲之師明世宦官識字柄政之禍皆始于此

明祖提劍起濠梁掃除妖氛靖八方建官立政垂典常規模宏遠陳紀綱懲戒宦寺禍漢唐無使干政貽災殃不令識字計尤長龔除灑掃職所當勤書鐵柱揭宮牆子孫世

世由舊章太孫嗣位違先皇稽首羿魁維燕王後代遂立內書堂翰林先生教法嬿學通文墨幹管强八柄一二付貂璫宰相六卿覩其旁都督節度憑主張摧折僇辱陷忠良覆軍殺將危邊疆禍本旣成國且忘鴟梟猶自認鳳凰吁嗟鴟梟猶自認鳳凰明明祖訓何遺忘

秋齋夜雨

離家將萬里秋至倍關情正惜流光逝那堪風雨聲寒燈生熒淡孤館逼淒清獨聽南歸雁喈喈自遠鳴

典午

典午南來劇可憐新亭涕淚感迍邅時艱亟用茂宏策北伐還須祖逖鞭詎有君臣耽逸樂更無門戶起戈鋋憑君莫道瑯琊弱江左衣冠又百年

題前明殉難諸公傳後八首之一

大宗滅絕竟誰持從此蘿山作少師湯鑊不因烹鸑鷟紛闈安得貯欽鵶百年厚澤孤臣奮易地艱貞婦子知惆悵玉京鸞鶴杳誤人家國是青詞

彭廷模

廷模字範臣平南人乾隆四十二年舉人官山東高

寄縣知縣

與幕中諸子作重九分韻得補字

青山欠艮緣蠟屐不能舉秋聲寄梧桐颯沓暗風雨坐看籬畔華娟娟耀庭廡擷之漉美酒清芬勝蘭醑幸有素心人衙齋共容與揮攉且盡歡濁醪滌愁緒山靈待詩人游蹟尚可補

十二月十九日同人作東坡生日用武昌西山韻

彤雲排出金銀臺雲漿璚露松花醅玉扃僊人游八極騎龍遠探羅浮梅滄波栢勺瀉涓滴五嶽方寸墳崔嵬丹砂

可煮葛洪竈蟠桃似羿妻期栽蕋珠文字耀粲爛雜蟲得失輕塵埃白鶴峯頭偶駐足湖山點綴煙雲堆仙翁南歸猿鶴怨眞一酒熟空存罍安得蹁躚五色蝶駕翅飛到山之隈德有鄰堂快瞻仰摩挲碑碣芟莓苔羅浮迷離多風雨赤手難埽雲霾開惟有一尊祝且酌心花醉發雪不摧試聽城邊擊腰鼓龍銅聲震轟如雷惠州人士當此日祠堂挈榼知誰來願化西湖作美酒酹公並慰朝雲哀

對月

萬古共明月照人何太多瓊花成舊調子夜換新歌形影

三更靜瀟湘萬里波所思天末遠相對把紅螺

蔣勵宣

勵宣字德昭一字雲亭全州人乾隆四十二年舉人官浙江湖州府知府有巢雲樓詩草

自警

鳳凰翔寘杳鷦鷯伏藩籬羽毛雖同具志願有差池大道淵如海我獨競一卮不獲悵然恨獲亦竟何裨達士高瞻矚鴻儒擴措施修途無涯涘愚哉自小為

奉使赴滇便道抵家

林禽辭舊枝鼓翼久翺翔倦飛思舊侶翹企天一方一朝
風力引便羽抵家鄉比翼失鸞儔頡雲折鴈行哀鳴徹九
霄憭目望八荒諸雛方反哺思以慰悽愴索莩繞樹飛銜
食那能嘗

記雨六章

記灾

辛酉季夏朔丙午墨雲沈沈壓庭戶屏翳噴浪飛廉號通
州三日翻盆雨萬派千流縱復橫奔騰震響如雷轟潞河
涓涓一掬水咄嗟高浪烟雲平洲沈島沒何足數京東列

郡無乾土禾苗漂蕩委泥沙廬室沈淪篌沼渚淋漓三日
仍連旬前波後浪如鎔銀三春雨夏無涓滴到此忽訝天
瓢傾五風十雨神錫予祀事虔恭歲必舉停蜡伐鼓古有
條此義問神神何語

斥怪

妖黿噴跋滄溟鬧風號雨溢高崔嵬獨浪排空接天際故
道白河安在哉風雲雷雨神分主順布天膏澤下土資生
萬物權在斯誰信冥頑能竊取貴人賤物本天經物害於
人服上刑

今皇道正百川理詎容異類災生靈斬蛟射虎功何偉撫躬我愧稱男子強弓毒矢驅鱷魚誰送潮州韓刺史

哀溺

重熙累洽百載餘太平有象豳風圖沿河州郡百千里耕田鑿井安其居一朝澒洞滔天起千村萬落隨流水沒脛濡腰勢漸深陟岡登木高難恃祖父倉皇呼子孫弟兄悽戚看妯娌不願分離獨覓生惟甘聚會同歸死巨綆聯腰哭成行長繩繫足踏無底牽衣執手逐狂瀾生靈性命輕螻蟻穹蒼浩刼恰相遭哀哉萬衆誰能逃何方化作佛千

手遍向東流救爾曹

憫饑

沉淵葬魚長已矣尚有遺黎未即死不愁死去恨莫伸轉處生來悲胡底洪濤正渺茫無處辨家鄉骨月靡所止飄散知何方野無青草園無蔬何處田疇堪採掬鄰牛鳩形室磬懸欲分殘餒有誰憐垂死未死苦復苦腹枵心憔足難舉桑田滄海詑須臾一望川原淚如雨

嗟丁

漕河一夜東奔流檣舳拍拍天上浮聯帮繫栰數千隻分

飛飄泊如沙鷗風狂溜急天尤瞋檣斷檣欹舵不應舵不聽轉船家謂之不應已見前舟沒怒濤又聞後艦粘深渟舟子倉皇呼震天顆粒

國課祈神憐不祈丁眷無傷損但乞糧糈得保全迢遞運道程難紀萬折千磨方至此祇道輸將可息肩誰知顛覆翻如水檥舟喘定魄搖搖東船撈米西傾潮糧冊分明算升斗持籌幾個議寬饒

恭紀　仁恩

聖澤優渥被寰區拯溺周饑逾已漚民瘼未陳先

洞悉直督未奏水災而各處被淹情形　聖鑒早已周知何曾待繪流民圖六載

單心心惕厲上以雨災引過自責省旰勤勞有戰兢惕厲之諭

一誠格天天賜霽聖駕躬詣社稷壇祈晴立時晴霽皇華八道問顛

連欽差大員八人分道查勘玉粒千艘資賑濟命於天津截漕米六十萬石以

備賑濟豁恤惠漕艘各幫糧船漂濕沉溺米石恩吉免賠淹斃丁口恩吉賞恤掩埋

澤朽枯各處淹斃人口未葬者恩吉令官為收葬試緩培栽棫上念科塲房屋被雨

冊塲道途泥潦命順天鄉試展期糧增壯虎貔被水兵丁應扣庫銀恩吉展限兩月又加

賞一月口糧眚災肆赦蠲賦輸久雨祈晴恩吉軍流以下罪犯無論已結未結在配在途

俱分別減等發落被災地方恩吉免錢糧二年一年半年不等圜開四面停湯網上念

近畿被水 命本年停圍以息民力堤東羣流纘禹敷築永定河工水災頓息痌瘝在抱何時釋億萬災黎登衽席億萬災黎登衽席皇心仰共天心懌萬邦綏定屢豐年一雨之災何損益

奉使赴滇過杭州題淨慈寺塔次唐宋考功題靈隱寺塔原韻

縱步陟崔嵬窮高倚碧寥仰觀天覆幕低瞰岫騰潮星斗捫中列烟雲足下飄吳閶瞻咫尺滇海望迢遙跋涉勞無極登臨興未凋凌空超世想拔地絕塵囂欲下尋歸路長

虹駕彩橋

督運回至天津登望海樓

山川迤邐日邊來幾輔雄藩自昔開關鎮北溟臨島嶼地盤東土控登萊十洲漫靜朝宗入萬廩功成轉運回引領京華天咫尺歸帆欲去更徘徊

龍隱巖觀家文定少傅謝勿亭中丞謝梅莊觀察題壁分賦三律

十年鈞軸矢孤忠靖亂匡君兩相同公與楊文忠公定策願思承

情

武廟投簪祇為用張聰元勳自古多疑忌邪說偏能勝至公山嶽英靈難泯沒流連遺蹟仰宗風文定公

玉屏峰外岫玲瓏鬱積精英產鉅公千里家聲瞻愛日百城司牧凜清風祇今懿範成鄉黨當日循聲達聖聰公由臬司超陞巡撫以政績　聖獎見悅山堂集中八紀題鐫似新作公題壁已九十餘年字跡猶新山靈定有碧紗籠謝中丞

鑾坡早歲掩時英繼入烏臺副盛名萬派波歸鯨擊力一鳴羣識鳳喈聲公忠自許趙清獻文采還嶙禰正平公嘗有此論拂拭殘碑增浩歎巖花澗水為含精謝觀察

闞克昌

克昌字繩武馬平人乾隆四十二年拔貢生官泗城府教授

題踏雪尋梅圖

梅花消息到今朝雪裏尋芳不憚勞一路香風撲人面半林疏影露山腰雲深何處逢高士徑轉還來問野樵折得數枝聊插鬢自憐詩句遜瓊瑤

三管英靈集　卷二十六

三

三管英靈集卷二十七

福州梁章鉅輯

彭廷楷

廷楷字泗堂平南人乾隆四十四年舉人

擬古四首

趯趯斯螽動嘒嘒新蜩吟明月鑑簾隙遙夜何洸洸涼風起天末悠然吹我襟所思在江浦欲往湘灘深手把青芙蓉遠寄將中心何以攄鬱結染翰託古音

種瓜拔其籬乘舟棄其槳甘瓜何由熟孤舟空播蕩夫君

輕棄置不肯念疇曩棄我去望望思子尚瀼瀼食蓼不覺
辛食梅不知酸酸辛在心頭悽惻摧心肝海水有時恬人
心多波瀾出門將安適險巇行路難
大厦搆方成黠鼠已謀穴廉士常苦飢蚊蚋嚼膏血薄帷
巧鑽營太倉供攘竊壁鐙光熒熒穿墉恣齮齕驅除媿無
術念之五情熱嘤嘤枝上蟬飲露矜高潔
步出城西門隱山青離離山人弃我去邈焉千載期白雲
落山厂朱華冒澤陂延竚不得見日暮心傷悲小隱隱林
藪大隱隱朝市欲從賣漿游物色風塵裏

端陽日同人泛舟濰江觀競渡

濰江發俹湘之源湘江昔日沈忠魂忠魂淪沒招不起蘭芷含芳怨屈子上官令尹安在哉五嶺以南弔不已粵歌楚調激且悽水馬飛鳧渡何駃一龍破浪波洶洶一龍怒噴聲瀧瀧大龍馳驟小龍緩長江獵獵吹天風亂擊銅鑼撻鼉鼓黃頭裸袒氣頗武哀惻能教帝子愁暗嗚頓使湘靈怒賦絲豪竹揚繽紛綃衫羅扇迷茶雲隔船咿啞載游女江邊戍削騈麗人麗人豈解汨羅慟我輩擊楫歌放縱有手不繫辟兵繒果腹何須益智糉離羣獨立醒太孤餔

糟歎醽醉者衆龍船出沒酒船浮眞珠紅滴瑪瑙甕江頭
黯黮日西斜不如痛飲石榴花

蕭馨智

馨智字蘭谷臨桂人乾隆四十四年舉人官藤縣教
諭

偶成

取境若甚淡儲思亦匪深忽聞碧山磬悠然清道心開軒
臥涼月結屋依松陰興到或賭棋棋罷輒鼓琴隨其性所
恬至樂不待尋琴絃棋局外何必無知音

朱依炅

炅字鏡雲臨桂人若東子乾隆四十五年進士官翰林院檢討有春壺詩草野航欸乃集

靜海曉發有感

荒雞屋角鳴山月猶在天但聞車轔轔涼風催客鞭豈不惜行役無以謝塵緣靜海在畿輔於古曰會川大父褐甫釋奏技如烹鮮下車撫災黎雙淚時潸然慈母敢去懷何竟壘綬捐昭鑒荷

天心炯炯鏡在懸至今雞皮翁梗槩粗可傳賤子遇亦鈍

舉步隨仆頗賜硯固僅存遺澤安久延不見農家兒長守陌與阡春畦劚鴉觜秋稅輸官錢足不出鄉里魂夢何拘牽閭戸釀春和是時猶酣眠豈有霜露侵老飽神自全

阻雨遣興

三日謀小住兩遇翻天漿街閑絶人迹何有塵土揚櫪馬聽長號困彼駒昂昂僮僕走告我入進菖蒲觴煙絲雨磨細雲片風吹涼涼意浸心胷道路空阻長息鶴亦適興醉吟知不妨

我生四十年重午値卅九或臥粤山雲或傾燕市酒車馬

抄

或勞勞江湖借某某最苦縛朝衫生計械跟肘米務雜爆連勃谿辰斷西不知佳節佳但覺醜態醜今來南池旁壓翾脱而走靦面烏有生傾談亡是叟久坐雨氣涼詩懷益抖擻

疊綵巖

粵山多奇峰厥象秀而峭疊綵獨盤紆別具一風調蔵本響筑琴巨石蹲虎豹不煩支柎籐登陟亦騰趫嵌腹結危閣一一攬其妙芟柯茂葉閒時復露返照斷靄亘殘霞尤非意所到北牕風泠然誰適虛其竅莫厭紆折尋更歷堂

之奥洞外飛波光丹翠日籠罩詎因向背殊山靈頓殊貌
且自汲寒泉和雲煮茶竈

劉仙巖

仙人好樓居山半結飛閣雲煙相吐吞風泉互噴薄山鳥
時一鳴紛紛萬花落羽流焙茶熟苦味變頻煑無如官符
嚴惠獨吝盃酌山産茶爲劉仙手植守土者歲採進御外間無得見者仙名仲遠唐時人
游展宛轉間白龍洞名飛巨壑古木晝陰森疑爲爪牙攫村
墟晚煙淡望不礙廣漠居人沮溺輩雅興亦脫畧兩地時
往還秋暑頓忘却南溪水潺潺石梁更恢拓仙源不可窮

掬當寒泳嚼倘欲起劉翁問乞長生藥·

采石太白樓

太白豪氣吞九州醉歌隨處能淹留任城作客已痛飲何
時復此飛觥觴李真老退杜陵去展裘誰許誇同游聞是
晚歳夜郎返雅興直與江山謀百營既淡天地小其樂唯
欲尋糟邱長風白晝鼓巨浪疑酒生鱗夾碧甌眼底波濤
太倉粟吸盡乃得濡枯喉公乎天上神仙流身苦世網同
羈四一朝脫去心悠悠千觴百壺輕王侯興酣搖筆凌滄
洲偶然醉月來此樓死便埋骨青山頭百千餘年誰可儔

嗚呼百千餘年誰可儔嗟哉豪氣橫九州酒香墨瀋今尚留江風隱約鳴颼颼

趵突泉五首

七十二泉好濟南名蹟多偶然探勝境如共濯滄波天外一聲鶴雲中數點螺勞勞吾又至老樹影婆娑

捲地飛泉響風雷瀑萬重碎光翻石罅曲院駐游蹤身許捐簪紱遲思謀菊松夕陽如舊識照我植孤筇

更憶趨庭日階前竹馬騎戲原同綵舞遊每過清池活水鐺堪煮濃陰座可移春風曾啜茗回首鬢成絲

池亭飛舊燕王謝有諸郎攬鏡顏非昔傷心淚數行道人頻問訊下界已滄桑湖海將焉適澆胸一掬涼

五十始登第逾時竟謫官（泉上奉呂眞人像句用眞人自叙中語）仙翁自瀟灑吾道日艱難逝者有如水前乎無此歡逢山誇舊蹟（坊額）（蓬山舊蹟）回首暮雲寒

濟寧旅館庭植碧桃一株露葉含青翩姍有致

一庭寒碧滴方對樹交加葉嫩浮陰淡枝低拂面斜故應娛旅客轉爲惜芳華小院知誰過春前對落花

津門述感（壬申歲先大夫視漕駐節於此時津有偏災曾據實入告）

先子曾持節清名萬口傳流亡悲道路心事薄雲天我復遊津浛春將送荅鞭空餘數行淚淡掃海門煙

張夏道中望嶽不見悵然有賦二首

名山雲傲兀終古此青蒼道路風塵阻傳聞氣勢昂渴如親聖哲立僅附門牆舉首前林晚栖栖又夏張地名

未能攀勝槩但詠少陵詩地位屏藩重神功化育奇望窮飛鳥下光壓萬山低結侶誰禽慶枯藤倘並支

將歸出都門留別親舊四首

寬閑春晝意云何一舉離觴一浩歌此後但誇林下樂半

生都向客中過登瀛渺渺原知幻去日堂堂太苦多那似
傷心南浦別草猶著色水添波
解去朝衫著鈎簑留春無計戀蹉跎幾回搔首天難問一
字驚心玷不磨世外逍遙成獨往予以脫誤一字被抑漢員休官者僅予而已
鏡中憔悴換脩蛾酒闌戒飲原癡絕諸態橫陳亦任他
衆人非醉我非醒官罷身如一葉輕書榻聽殘春雷響枕
函敲破暮鐘聲課晴問雨功仍著剩棗蒸黎味總清莫道
江湖異廊廟還鄉幸有薄田耕
板橋茅店跨驢行隨意芳醪可細傾呼我不妨牛與馬逢

人難說磬諧筌迷離四望雲天隔寂寞空山草木更他日諸公勞遠寄數行秋雁月邊橫

明湖二首

雁齒橋平好繫船碧堆菼葦嫩涼天不妨名士多於鯽自有閒身寂似禪入座晚風偏淡蕩憑虛四望總淪漣我來嘯咏知何託萬縷千條綰暮煙

風柳蕭疏水面亭漲痕新沒半篙青一尊清冷誰分酒長笛纏綿半倚欄湖接天光原漠漠絮拋花霧只冥冥歸途踏遍昏黃月滿耳漁歌送遠汀

再過趵突泉

泉上風光異昔時重來陡覺水雲低游從前日情方劇坐到斜陽榻屢移香護石闌花氣淡珠拋乳竇瀑聲遲幾回引我滄波興更檢旗槍試縹瓷

得陳觀察松山北來消息賦簡二首

湖海詩篇陳太史匡廬麈鉞宋綿津七年清節西江水無意重偕北道人斜日扁舟天上落銀燈官舫座中春先生自退金門直已見蓬萊幾度塵

將到翻愁見面遲那堪潦倒負鬚眉家餘囊粟猶君賜代

有遺經但我披兄病藥難收籌籠女嬌誓欲插花枝漁洋七字能相況不似官人似釣師

前賦浣筆泉詩脫稿後聞河帥李尙書奉翰漕使和閣學琳重疏浣筆泉並脩祠合祀李供奉杜工部賀監三先生於泉上因掘地得名人劉浦詩刻越日讌集漕帥管侍郎幹珍諸公郎用前韻賦詩依韻再作三首

清簟疎簾對碧池高情聞訪謫仙祠文章全盛追開寶碑碣重新閱歲時石髓浮香寒白晝金壺餘墨寫新詩鑑湖

一曲滄澄澈獨許風流賀監知

天海茫茫半畝池劉詩云茫茫天海知我者誰南鄰杜老亦專祠南池祀杜工部則以許主簿配吟壇主客真千載雅會冠裳自一時不上高樓仍對飲豈邀明月始成詩泉流可濯同冰雪公輩清名結故知

種梅

庚嶺梅開別欲難寄憑驛使客懷寬何時相賞成詩境特地移栽向綺闌幾樹香疎風信早一枝影淡雪聲乾江淮花木皆榮幸不獨蒼生慰謝安

廣陵

二分明月舊揚州日日湖山事宴游千古幾人曾控鶴及時尊酒亦銷憂竹闌紅藥春風晚煙舫清溪暮雨秋寥落董公祠宇在粉垣苔逕鳥鈎輈

金陵懷古二首

歌翻玉樹杳新聲帝子無愁寶璧瓊賸水殘山桃葉渡烏紗紅袖石頭城永嘉人物銷沈易建業衣冠聚散輕往日臨春還在否東風歲歲野棠生

冰紈細字更稱奇歌舞曾誇豔麗時舊院人稀垂柳在空

城燕去暮雲低山樵此日空存徑百子山樵宅尚存狎客當年盛有祠嶺上梅花頻寄恨春燈餘影尚迷離

蜈磯靈澤夫人祠

承安宮殿葬風煙步障明珠尚儼然肯以蛾眉輕鼎足且憑片石媚清川劉郎浦遠生秋水蜀帝魂歸怨杜鵑兩地茫茫家國恨風分流擘總纏綿

洪編修亮吉賦詩贈行依韵爲酬二首

風雪埋頭衣黦塵匆匆幾誤苦吟身疲驢破帽裝依舊不是長安道上人

眼下消除十丈塵色空空色鏡中身坡無仙骨鳥非佛別有林棲自在人

畫鴨二首

輕煙碧漲宛相招影倒跰躚鷺並翅不怯明湖風露冷菱絲細細荻蕭蕭

已辨南塘射鴨弓竹枝安穩坐孤篷晴江水暖河豚上定有桃花相映紅

何愚

愚字不圓平樂人乾隆四十五年進士官雲南廣南

府知府

乙丑之雲南留別都門諸友

躑躅歧途慘不歡敢叨勝餞出臺端一巡別酒千盤道三度除書五品官顧我遲從蒸瘴去懷君永向列星看莫辭里曲煩賡和雲散風流再聚難

昆陽署中作

晨興聞報訟堂空手板支頤笑此翁鄉信朝朝占鵲語衙餐頓頓啗鷄葼官窮識客難成醉吏俗哦詩未易工一事差強還自慰宦遊到處說年豐

李治泰

治泰北流人乾隆四十五年進士官揚州府同知

自題小照

老去都成索寞形危然獨坐執遺經一琴一鶴知何處贗有儒衫照舊青

黎庶恂

庶恂字對峯平南人乾隆四十五年舉人官山東高密縣知縣

送謙亭姪重赴甘肅

木落金風緊離亭思惘然一官猶再試萬里結重緣雲擁秦山馬煙寒楚水船從來勳業士多在極西邊

赴銓留別

五柳經栽早歲時長條搖曳待歸期出山已訂歸山約笑指霜華兩鬢絲

萬里風塵苦獨征支離猶是老書生青山最是多情物白首如今始放行

齊州風物足盤桓老去猶思作壯觀聞道岱宗滄海近不知宦海有波瀾

唐宗培

宗培字南屏臨桂人乾隆間布衣有南屏山房詩稿

對琴

幽齋誰對語獨坐理瑤琴聊寄閒中意偏成世外音空山飛石雨流水滌塵心彈到無聲處方知古調深

棲霞寺

道岍逼何處禪關天外開樹分沿路種雲看過山來冷翠浮松徑秋花擁菊堆風中聞磬響僧課下經臺

襄江夜泊

日落江天晚停舟泊岸沙夕陽人喚渡芳草客思家路指
檀溪近雲流漢水斜煙波何處望歸輿此時賖

漁樂

釣筒收拾處同趁夜歸舟村遠遲停泊灘平穩放流水波
晴漾月星斗淡生秋何處聞吹笛歌聲出酒樓

晩眺

薄暮憑高望夕陽樹影間殘霞明野水晴翠淡秋山鳥促
歸人急鐘鳴古寺閑疎林聞短笛歌送牧童還

歸家

抄

作客頻年萬里行輕帆忽送桂林城雲山過眼還存想風浪餘生尚帶驚久別愛聽親戚話纔歸莫問世途情分明相見翻疑夢燈火昏昏對短檠

疊綵山

疊嶂層層列綵屏登高一望衆山青嵒低倚樹花生壁洞古藏雲石作扃秋草烟痕浮野色夕陽人影立寒汀蕭疎林下僧歸晚隱約禪燈出竹櫺

莫巡

巡字勵軒臨桂人乾隆間諸生有勵軒詩稿

抄

趙明府招飲與林立軒楊曉漁共譜新聲即席口占

愛客君能賢作吏君免俗爰開郇公庖得嘗慧也粟酒熟斟不孤詩成和相屬良晨愜幽懷佳客滿華屋風雨與俱來各快若新浴繞牆樹森森涼生一天綠妙逢交字飲夜闌繼以燭琴堂曲未終玉漏聲已促催歸醉未歸欲去復躑躅感君意氣深天才不拘束行看舊騏驥此會何時續

靜慧堂理琴堂在栖霞寺

獨坐禪觀久空堂理素琴浮雲忘世事流水寄清音慧自靜中得聲從絃外尋松風動寒籟意與境俱深

答楊笠源舟過贈詩

一帆風過雨初晴江上傳詩送客行柔艣往來鶯夢蹴落花時節聽啼鶯憐他賦就陽關曲愧我難償故國情無那

扁舟留不得亂山飛逐櫂歌聲

別人

相見恨太遲相別恨太早早知別離難不如不見好

雷芳林

芳林宣化人乾隆間諸生

平莊

山峯挺晶秀川漣搖新綠陂塍基已墾田隴開衍沃人家數十百竹樹環相屬喁喁禽鳥鳴泛泛鵞鴨浴旱潦不知愁耕讀遂成俗粱秫釀佳醖秔稻炊香玉歲時相過從酣歌太平曲

贈別

蒼松無衆姿素鶴非凡羽與君邂逅緣同舟晨夕數相見雖恨晚傾蓋聞昔語詠歌本性情論說綜今古逸興山水遥壯志風雲輔賞析方有資東西忽分侶怊悵復奚然神契誰予阻黽勉敎前修中正以為矩

三管英靈集卷二十七　十三